KB030209

소네치카 · 스페이드의 여왕

SONECHKA
PIKOVAYA DAMA
by Ludmila Ulitskaya

Sonechka Copyright © 1992 by Ludmila Ulitskaya
Pikovaya Dama Copyright © 1999 by Ludmila Ulitskaya
Korean Translation Copyright © 2023 by Munhakdongne Publishing Corp.
All rights reserved.

Korean edition is published by arrangement with
ELKOST Intl. Literary Agency through Momo Agency, Seoul.

이 책의 한국어판 저작권은 모모 에이전시를 통해
저자와 독점 계약한 (주)문학동네에 있습니다.
저작권법에 의해 한국 내에서 보호를 받는 저작물이므로
무단 전재와 무단 복제를 금합니다.

세계문학전집
234

Людмила Улицкая : Сонечка · Пиковая дама

# 소네치카 · 스페이드의 여왕

류드밀라 울리츠카야 소설

박종소 옮김

문학동네

## 일러두기

1. 번역 대본으로는 Людмила Улицкая의 Сонечка(Астрель, 2012)와 Пиковая дама(『Первые и последние』에 수록, Астрель, 2012)를 사용했다.
2. 주석은 모두 옮긴이의 주이다.

## 차례

# 소네치카

소네치카*는 유아기를 갓 벗어난 아주 어렸을 때부터 독서광이었다. 집안의 독설가인 오빠 예프렘은 그가 태어났을 무렵에도 이미 구닥다리였던 농담을 계속 해댔다.

"끝도 없이 책만 읽는 소네치카, 의자 꼴 엉덩이에 코주부가 됐다네."

안타깝게도 오빠의 말은 과장이 아니었다. 그녀의 코는 정말로 서양배梨 모양으로 부풀어 있었다. 넓은 어깨와 길고 가느다란 체격, 마른 다리와 납작한 엉덩이의 소네치카가 가진 유일한 자산이라고는 마른 몸에 왠지 어울리지 않게 일찍 성숙해버린, 큰 여인네 가슴이었다. 웅크린 어깨에 등이 굽은 소네치카는 아무 쓸모 없이 풍만하게 불쑥 나

* '소냐'의 애칭.

온 가슴과 음울할 정도로 판판한 등을 겸연쩍어하며 품이 큰 옷을 입고 다녔다.

오래전에 결혼한 언니는 이를 마음 아파하며 소네치카의 눈이 예쁘다고 너그럽게 칭찬하곤 했다. 하지만 갈색 눈은 크지도 않고 그저 평범할 뿐이었다. 세 줄로 자란 짙은 속눈썹은 부은 눈두덩의 끝을 잡아당기고 있었는데, 이마저도 특별히 예쁘다고 할 게 없었고, 근시라 어렸을 적부터 안경을 써온 소네치카에게는 오히려 귀찮을 뿐이었다.

소네치카는 일곱 살 때부터 스물일곱 살 때까지 꼬박 이십 년 동안을 쉼없이 읽고 또 읽었다. 마치 기절이라도 한 것처럼 책에 빠져 있다가 마지막 책장을 넘길 때가 되어서야 제정신으로 돌아왔다.

독서에 관한 한 그녀에게는 분명 재능이 있었다. 그것은 어쩌면 일종의 천재성 같은 것일지도 몰랐다. 인쇄된 글자에 너무나 공감한 나머지 상상 속 주인공들이 현실세계의 친구들 사이에 서 있을 때도 있었고, 죽어가는 안드레이 공작 침대맡에서 고통스러워하는 나타샤 로스토바의 해맑은 고통이 어리석은 부주의로 네 살짜리 딸을 잃은 언니의 격렬한 슬픔과 동등하게 여겨지기도 했다.* 옆집 여자와 수다를 떨던 언니는 뚱뚱하고 굼뜬 자기 딸이 우물 속으로 미끄러진 것도 눈치채지 못했던 것이다.

이것은 무엇이었을까? 모든 예술에 전제되는 유희를 완전히 이해하지 못한 것인가, 미숙한 어린아이의 덜 깨인 순진한 믿음인가, 상상력의 부재로 허구와 현실 사이의 경계가 존재한다는 인식이 없는 것일

---

* 안드레이, 나타샤 로스토바는 레프 톨스토이(1828~1910)의 장편소설 『전쟁과 평화』의 등장인물이다.

까, 아니면 그 반대로 자아를 잊을 정도로 환상의 영역으로 깊숙이 들어가 그 경계 바깥의 모든 것들이 의미와 내용을 상실하는 것일까?

가벼운 정신병리적 기운마저 도는 독서열은 꿈속에서도 소네치카를 내버려두지 않았다. 그녀는 마치 꿈조차도 '읽는' 듯했다. 흥미진진한 역사소설이 꿈에 등장했다. 작품 속 사건의 성격에 따라서 책의 서체를 유추해냈고, 문단과 구두점을 느꼈다. 그녀의 병적인 열정과 연관된 내면의 혼란은 꿈속에서 더 심해졌다. 꿈속에서 소네치카는 자신에게 전해져오는 명백한 작가의 의도와 자신의 의지에 따라 움직이고 행위하고 행동하고자 하는 지향 사이의 가느다란 경계에 처한 정의로운 여자 주인공으로, 때로는 남자 주인공으로 등장했다.

네프* 시기가 저물어가고 있었다. 벨라루스 출신의 지방 대장장이 집안에서 태어난 아버지는 타고난 기술자였고, 실용적인 눈치 빠름도 갖추고 있어서 자신의 시계 공방을 그만 접었다. 어떤 형태든 대량생산이라면 치를 떨던 그였지만, 참고 시계 공장에 들어갈 수밖에 없었다. 다만 저녁에 여러 종족의 조상들이 사유하는 손으로 만든 독창적인 메커니즘을 수리하는 것으로 자신의 고집을 겨우 돌려놓을 수 있었다.

깔끔한 물방울무늬의 머리 스카프 아래 바보 같은 가발채를 죽는 날까지 얹고 다녔던 어머니는 소박한 사라사 천으로 야단스럽고 빈궁한 시대에 호응하는 옷을 싱어 재봉틀로 만들어 이웃들에게 팔았기에 그녀에게 이 시대의 모든 공포는 세무조사원이라는 이름이었다.

---

* 1921~1927년 레닌의 주도로 소련에서 시행된 신경제정책. 러시아혁명과 내전으로 저하된 국내 경제력을 회복하기 위하여 잉여 농산물의 자유 판매 및 개인 경영의 인정 등 자본주의 요소를 도입했다.

한편 소네치카는 그럭저럭 학교를 마치고, 감흥적이며 시끄러운 1930년대 속에서 살아야만 하는 현실을 피해 매일 매 순간 의심 많은 도스토옙스키의 불안한 심연 속으로 내려가거나, 때로는 투르게네프의 그림자 드리운 가로수나, 왠지 이류 작가 같은 레스코프의 무원칙적이고 관대한 사랑으로 따스해진 지방 대저택 가운데에 출연해보면서 위대한 러시아문학의 공간에서 자신의 영혼을 쉬도록 했다.

그녀는 도서 정보 전문학교를 마치고 오래된 도서관의 지하 보관실에서 일을 시작했다. 하루종일 위층의 열람실에서 내려오는 카탈로그며 흰색의 도서 청구서들, 그리고 자신의 가느다란 팔로 떨어지는 무거운 책들로도 성이 차지 않았던지, 소네치카는 답답하고 먼지 쌓인 지하실에서 일과 시간이 끝날 때 단속해야 자리를 뜨는 가벼운 고통을 즐기는 몇 안 되는 사람 중 하나가 되었다.

소네치카는 이미 오래전부터 글쓰는 일이란 성스러운 행위라고 생각해왔다. 그녀는 이류 작가들, 예를 들어 파블로프나 파우사니아스, 성 그레고리 팔라마스를 어떤 의미에서 일류 작가들과 마찬가지로 취급했다. 왜냐하면 이 작가들도 백과사전의 한 페이지를 버젓이 채웠기 때문이다. 해를 거듭하면서 소네치카는 독자적으로 이 거대한 책의 해양에서 굵직한 파도와 자잘한 파도를, 금욕주의적인 현대문학 책장을 채우는 해안의 거품에서 자잘한 파도들을 구별해낼 수 있게 되었다.

수도사처럼 외따로 지내며 도서 보관실에서 몇 년간 근무하고 난 소네치카는 자기와 마찬가지로 독서광이었던 여자 상사의 권유로 대학교 러시아문학부에 입학하기로 결심했다. 그녀는 사전에 읽어야 할 우스운 이데올로기 경향을 띤 방대한 도서목록에 맞춰 준비를 시작했는데, 그야말로 시험을 치기 바로 직전에 모든 것이 무너졌다. 모든 것이 하루아침에 변해버렸다. 전쟁이 시작된 것이다.

전쟁은 쉴새없는 독서의 모호한 상태에 머물러 있던 소네치카를 끄집어낸 젊은 시절의 첫 사건이었을 것이다. 그녀는 그 몇 해 동안 공장에서 일하던 아버지와 함께 스베르들롭스크로 피란을 떠났다. 그곳에서도 그녀의 유일한 희망의 공간은 도서관 지하실이었다.

이것이 역사 속에서 오래전부터 우리 조국에 뿌리내린 전통인지는 분명하지 않았지만, 정신의 소중한 결실들은 마치 농작물처럼 반드시 땅 깊숙이 차가운 곳에 보관되어 있었다. 어쩌면 이는 앞으로 지하 생활자를 남편으로 맞게 될 소네치카의 수십 년의 삶을 위한 예방접종이었는지도 모른다. 그가 나타난 것은 암담하고 끔찍했던 피란 시절의 첫해였다.

로베르트 빅토로비치가 도서관으로 온 것은 병이 난 도서대출부장 대신 소네치카가 업무를 맡아보게 된 첫날이었다. 그는 비쩍 마르고 키가 작은데다가 잿빛이라, 만일 프랑스어로 된 도서목록은 어디에 있느냐고 물어보지 않았더라면 소냐의 관심을 끌지 못했을 것이다. 프랑스어로 된 책은 있었지만, 그 목록은 벌써 오래전에 필요 없게 되어 사라져버렸다. 그날 저녁 폐관 시간이 가까울 무렵 다른 방문객은 없었고, 소네치카는 이 범상치 않은 독서가를 자신의 지하실 깊숙한 구석에 위치한 서유럽 서가로 안내했다.

로베르트 빅토로비치는 마치 피로그*를 본 아이처럼 허기지고 놀란

* 고기, 야채 등 여러 가지 재료로 속을 채워 만드는 빵의 일종.

얼굴로 어깨 쪽으로 머리를 기울인 채 책장 앞에 오랜 시간 아연히 서 있었다. 그보다 머리 반 개쯤 키가 큰 소네치카는 그 뒤에 서 있었는데, 남자의 등에서 전해지는 흥분 때문에 얼어붙어버렸다.

돌아선 그는 어쩐 일인지 문득 그녀의 마른 손에 입을 맞추더니 감기 걸린 어린 시절의 낮은 목소리처럼 혹은 푸른 램프의 깜빡이는 빛처럼 매우 떨리는 목소리로 말했다.

"이럴 수가…… 굉장하잖아…… 몽테뉴에…… 파스칼까지……" 그러더니 그녀의 손을 붙든 채 깊은 한숨을 내쉬며 덧붙였다. "게다가 엘제비어판版까지……"

"엘제비어 출판사의 책은 아홉 권 있답니다." 서지사항을 꿰고 있는 소네치카가 감격하여 말했다. 그러자 그는 이상한 눈빛으로 그녀를 올려다보았는데, 마치 내려다보기라도 하는 듯했다. 그는 가느다란 입술로 미소를 짓더니 그 사이로 빠진 이들을 드러내고는 무언가 중요한 이야기를 하려는 듯 머뭇거리다가 생각을 고쳐먹고는 다른 것을 물었다.

"제게 도서 대출 카드를 발급해주시지요. 아, 그걸 여기서는 어떻게 부르는지요?"

소냐는 그의 마른 손바닥에 맡긴 채 잊었던 자신의 손을 거두었다. 그들은 계단을 따라 위로 올라갔다. 계단은 발이든, 혹시 닿은 것이 무엇이든 조금 남은 온기마저 모조리 앗아가겠다는 듯 사납게 차가웠다. 두 사람은 예전에 상인이 살았던 이 저택의 좁은 거실로 올라왔다. 여기에서 소네치카는 그때까지 모르고 있었지만 이제 정확히 이 주가 지나면 자신의 것이 될 그의 성姓을 자신의 손으로 처음 써 내려갔다. 소네치카가 꿰맨 털장갑 안에서 조금씩 미끄러지는 볼펜으로 삐뚤삐뚤 글자를 써 내려가는 동안 그는 그녀의 하얀 이마를 쳐다보며 속으로 미소 지었다. 그녀는 순하고 참을성 있는 어린 낙타와 놀랍도록 닮아 있었다. '색깔도 비슷하네. 칙칙하고, 슬픈 황토색에 약간 장밋빛을 띠는 게 따뜻한 느낌이고……'

작성을 마친 그녀가 흘러내리는 안경을 검지로 올리고는 상냥하면서도 무심하게, 기다리듯 그를 올려다보았다. 그가 주소를 불러주지 않았던 것이다.

조용하고 맑고 높은 하늘에서 떨어지는 소나기처럼 갑자기 덮친, 운명이 결정된 듯한 강력한 감정에 로베르트 빅토로비치는 정신을 차릴 수가 없었다. 그는 앞에 있는 이 사람이 바로 자신의 부인이라는 것을 알았다.

그 전날 그는 마흔일곱 살이 되었다. 그는 전설의 사나이였다. 친구들의 말에 따르면 이 전설은 이유를 알 수 없었던 그의 갑작스러운 귀향 덕분이었다. 1930년대 초 프랑스에서 고국으로 돌아온 로베르트 빅토로비치에 대한 전설은, 그의 실제 삶과는 상관없이, 이후 점령된 파리의 죽어가는 갤러리들 속에서 비방과 망각을 다 견디고 죽음과 부활을 겪게 되는 그의 이상한 그림들과 함께 구전적인 삶을 다하게 된다. 아직 그는 이 모든 것을 알지 못했다. 검게 그을린 자국이 있는 퀼트 재킷을 입고, 울대뼈가 두드러지게 튀어나온 목에 회색 수건을 걸쳤으며, 불행한 이들 중에서는 가장 행복한 그는 무의미한 오 년간의 형기를 마치고 지금은 보호관찰하에 공장관리부에서 화가로 일했다. 빠르게 전환되는 그의 삶은 배신으로 그토록 풍부하게 채워져 있었는데, 그는 그런 배신 중 또다른 하나가 이 순간 이루어지고 있음을 느끼면서 볼품없는 아가씨 앞에 미소 지으며 서 있었다. 그는 언제나 자신의 자유에 대한 족쇄를 느끼는 즉시, 선조들의 신앙도, 부모의 바람도, 스승의 사랑도 모두 강하고 단호하게 배신했고 학문을 배신했으며 친구 관계를 끊어버렸다. 이번에 로베르트 빅토로비치는 때 이르게 기만적인 성공을 이룬 시절에 받아들였던 굳건한 독신주의—이것은 순결주의와는 일말의 관련도 없었다—를 배신했다.

그는 여자를 좋아하고 이용하는 사람이었는데, 여자라는 마르지 않는 원천으로부터 적잖은 자양분을 얻으면서도, 의존적이 되는 것을 경계하며 조심했다. 무언가를 앗아가는 사람에게는 역설적으로 관대하고 퍼주는 사람에게는 끔찍이도 잔인한 여자의 본성에 자신이 먹잇감이 될까봐 두려워했다.

수천 권의 책더미에 고치처럼 둘러싸여 그리스신화의 자욱한 웅얼거림, 최면을 걸듯 날카로운 중세의 피리 소리, 안개에 싸인 듯 바람에 흩날리는 입센의 우수, 발자크의 상세하고 지루한 설명, 단테의 별의 음악, 릴케와 노발리스가 높은 목소리로 부르는 사이렌의 노래, 하늘의 중심부를 향하는 위대한 러시아인들의 도덕적 절망에 매료된 소네치카의 평온한 영혼은 이 순간이 자신에게 얼마나 위대한 순간인지 깨닫지 못했고, 그녀의 생각은 오직 열람실에서만 읽도록 허용된 책을 이 사람에게 대여하는 것이 위험한 일인지 아닌지에만 머물렀다.

"주소는요?" 소네치카가 짧게 물었다.

"보시다시피 여기에 출장 와 있는 거예요. 공장 관리 단지에서 살죠." 낯선 열람객이 설명했다.

"신분증하고 거주등록증 좀 보여주세요." 소네치카가 요청했다.

로베르트 빅토로비치가 깊숙한 주머니를 뒤지더니 구겨진 신분증명서를 꺼냈다. 그녀는 안경 너머로 신분증명서를 한참 쳐다보고는 고개를 흔들었다.

"안 돼요, 안 되겠어요. 외지인이시잖아요……"

키벨레*가 그에게 빨간 혀를 내보였다. 다 끝났군, 그는 생각했다. 그는 신분증명서를 주머니 깊숙한 곳으로 다시 집어넣었다.

"그럼 이렇게 해요. 제가 제 도서 대출 카드에 내역을 써넣을 테니까 여길 떠나시기 전에 저한테 책을 반납하시는 걸로요." 미안한 목소리로 소네치카가 말했다.

그제야 그는 안도했다.

"부탁드리는데요, 책은 정말 깨끗하게 보셔야 해요." 소네치카는 친절하게 부탁하고는 자그마한 책 세 권을 구겨진 신문지에 쌌다.

그는 그녀에게 건조하게 감사의 인사를 하고 나갔다.

로베르트 빅토로비치가 혐오감을 느끼며 자신의 사교 기술과 구애의 부담에 대해 곰곰이 생각하는 동안 소네치카는 긴 업무를 마치고 집에 갈 채비를 했다. 그녀는 모르는 사람에게 무심결에 빌려준 귀한 책 세 권의 반납을 이미 조금도 염려하지 않았다. 그녀의 생각은 오로지 차갑고 어두운 도시를 지나 집으로 가는 길에 머물러 있었다.

---

* 소아시아 북부 프리기아에서 숭배되었던 대지의 여신.

* * *

소녀들은 신비로운 제3의 눈과 같은 독특한 여인의 눈을 너무나도 이르게 뜨는데, 소네치카는 이 눈이 완전히 감겨 있는 게 아니라 그보다는 실눈을 뜨고 있었다.

수천 년 동안 처녀들을 아주 어린 나이에 시집보내곤 했던 동족의 고대 질서를 따르듯 그녀는 어린 소녀 시절이었던 열네 살쯤에 잘생기고 코가 좀 들린 동급생 비티카 스타로스틴에게 반했다. 반함의 표시는 참을 수 없는 욕망으로 오직 그만을 바라보는 것으로 나타나서, 곧 그녀의 눈길은 인형같이 귀여운 얼굴을 소유한 소년뿐 아니라, 소냐 자신이 이런 사실을 깨닫기 훨씬 이전에 이 흥미진진한 재밋거리를 발견한 같은 반 학생들도 눈치채게 되었다.

소네치카는 자신을 제어하려고 노력하면서 사각형 칠판이나 공책, 먼지 쌓인 창문같이 눈을 둘 다른 사물을 찾으려 애썼지만, 시선은 나침반 바늘처럼 고집스럽게 옅은 갈색 뒤통수로 돌아왔다. 한없이 푸르고 차가우면서 매력적인 소년의 눈과 마주치려고. 이에 인정 많은 여자 친구 조야는 소네치카에게 그렇게 눈을 커다랗게 뜨고 쳐다보지 않았으면 좋겠다고 속삭였다. 그러나 소네치카는 어쩔 도리가 없었다. 눈은 탐욕스럽게 옅은 갈색 머리의 먹잇감을 원했다.

이 사건은 가장 끔찍하고 잊을 수 없는 방식으로 끝이 났다. 사랑에 빠진 시선이 주는 부담에 지친 잔인한 오네긴*은 말없는 자신의 숭배자

---

* 러시아의 국민적 시인이자 소설가인 알렉산드르 푸시킨(1799~1837)의 운문소설 『예브게니 오네긴』의 주인공. 오네긴은 귀족 가문에서 출생하여 뛰어난 개성과 교양을 지니

를 공원 옆 가로숫길로 불러내 아프지는 않게, 그러나 살인적인 멸시를 두 번 속삭였다. 수풀 속에 앉아 있던 동급생 네 명의 부추기는 듯한 낄낄거림이 들렸는데, 아마도 이 어린 염탐자들이 앞으로 다가오는 전쟁의 첫해에 한 명씩 한 명씩 죽지 않았다면 정신적인 폭력에 대한 책망을 들을 수도 있었을 것이다.

열세 살짜리 기사가 준 교훈이 그 당시 어찌나 확실했던지 소녀는 병이 났다. 이 주를 고열에 시달리며 누워 있었다. 사랑의 불꽃은 그런 고전적인 방법으로 그녀를 떠난 것이 분명했다. 몸이 완쾌된 소네치카는 다시 학교에 나가면서 또다른 멸시가 기다리고 있으리라 생각했다. 하지만 그녀의 희비극적 모험은 저녁 교대근무가 끝난 후 교실에서 목을 맨 학교의 이름난 미소녀 니나 보리소바의 자살 사건에 가려졌다.

무정한 영웅 비티카 스타로스틴은, 소냐에게는 다행스럽게도 이즈음 부모와 함께 다른 도시로 이사를 갔고, 소네치카는 여성으로서의 전기傳記가 완전히 끝났음을 씁쓸하게 인식했다. 이로써 소네치카는 누군가의 마음에 들거나, 관심을 끌고, 누군가를 유혹하고자 하는 노력에서 평생 해방되었다. 그녀는 그 방면에서 수가 남달랐던 다른 여학생들에게 파멸적인 질투도, 마음을 지치게 하는 짜증도 느끼지 않고 자신의 들끓는 열정인 독서로 돌아갔다.

로베르트 빅토로비치는 이틀 후에 왔는데, 그때는 이미 소네치카가 도서대출부에서 일하지 않을 때였다. 그는 그녀를 불러달라고 부탁했다. 어두운 구멍을 통해 지하실에서 위로 올라오는 동안 소네치카는

---

고 있으면서도 모든 생활에 권태를 느낀다. 작품 속에서 자신에게 사랑을 고백하는 타티야나를 거절한다.

세 번이나 걸음을 쉬었고, 근시 때문에 한참을 살펴보다가 마침내 그가 누군지 알아보고는 마치 친한 지인을 대하듯 인사했다.

"앉으세요." 그가 의자를 끌어당기며 권했다.

작은 열람실에 몇몇 열람객이 따뜻하게 옷을 껴입고 앉아 있었다. 난방이 잘 안 되는지 추웠다.

소네치카는 의자 끝에 걸터앉았다. 남자는 책상 가장자리에 천으로 만든 해진 귀덮개 모자를 내려놓았고, 그 옆에 천천히 조심스레 말아 접은 꾸러미를 풀었다.

"일전엔 제가 여쭙는 걸 잊었네요." 들뜬 목소리로 그가 말하자, 소네치카는 오래전부터 구어에서 잘 쓰지 않는 '일전'이라는 근사한 단어에 미소를 머금었다. "성함을 여쭙지 않았더군요. 실례가 안 된다면……"

"소냐예요." 말아 접은 꾸러미를 펼치는 그를 보며 그녀가 짧게 대답했다.

"소네치카…… 그렇군요." 그는 마치 동의한다는 듯 말했다.

마침내 포장이 벗겨졌고, 소냐는 촘촘하지 못한 거친 종이 위에 부드러운 갈색과 세피아색 물감으로 그린 여인의 초상화를 보았다. 초상화는 훌륭했고, 여인의 얼굴은 고상하고 섬세했으며, 이 시대의 것이 아닌 것 같았다. 그녀의, 소네치카의 얼굴이었다. 그녀가 살짝 숨을 들이쉬자 차가운 바다 냄새가 났다.

"이건 제 결혼 선물입니다." 로베르트 빅토로비치가 말했다. "사실 당신에게 청혼하러 왔어요." 그는 그녀를 쳐다보며 대답을 기다렸다.

소네치카가 그의 얼굴을 쳐다본 건 그때가 처음이었다. 곧은 눈썹, 콧등뼈가 도드라진 코, 건조한 느낌의 일자 입술, 볼을 따라 세로로 깊게 팬 주름, 빛바랜 눈동자는 영리하고 음울하며……

소네치카의 입술이 떨렸다. 그녀는 눈을 내리깔고 아무 말도 하지 않았다. 그녀는 한번 더 의미심장하고 매력적인 그 얼굴을 쳐다보고 싶었다. 하지만 비티카 스타로스틴의 유령이 등뒤에 서 있었다. 그녀는 초상화의 꿈틀거리는 가벼운 선들을 바라보다가 불현듯 거기 표현된 그 얼굴이 여자도 아니거니와 더군다나 자신은 결코 아닐 거라는 생각이 들었다. 그녀가 차갑고 냉정한 목소리로 들릴락 말락 말했다.

"뭐예요, 농담하시는 거예요?"

남자는 그제야 당황했다. 계획 없이 산 지 이미 오래였던 그였다. 운명이 그를 암울한 장소, 지옥문의 앞까지 이끌었고 삶에 대한 그의 짐승 같은 의지는 거의 사라졌으며, 현세에 사는 존재의 황혼은 이미 매력적이지 않은 것처럼 보였다. 그러나 지금 내면에서 진정한 빛을 발하는 이 여자가, 지쳐 땅에 달라붙은 그의 삶을 가녀린 팔로 지탱해줄 아내가 되리란 걸 예감했다. 동시에 로베르트 빅토로비치는 그녀가 가족의 짐을 짊어지지 않은 자신의 어깨에, 아버지의 책임이라는 부담과 가정에 대한 의무에서 도망친 자신의 비겁한 남성성에 달콤한 짐이 될 것이라고 생각했다. 하지만 왜 그랬을까…… 어째서 미리 그런 생각을 하지 못했던 걸까…… 그녀가 이미 젊은 중위나 낡은 스웨터를 입은 엔지니어를 만나는 중일 수도 있다는 걸.

키벨레가 또 빨갛고 뾰족한 혀를 날름거리며 그를 놀렸다. 추잡하고 끔찍한, 그러나 모두 그와 안면이 있는 여자들로 이루어진 키벨레의 유쾌한 수행원들이 적자색 빛 아래에서 꿈틀거렸다.

그는 쉰 목소리로 어색하게 웃으며 소네치카에게 종이를 내밀고서 말했다.

"농담이라뇨. 저는 당신이 기혼일 수도 있겠다는 생각을 못했을 뿐입니다."

그는 일어서서 애꿎은 모자를 집어들었다.

"실례했습니다."

로베르트 빅토로비치는 옛날 장교식으로 짧게 자른 머리를 아래로 내던지듯 숙이며 격렬하게 인사하고는 출구 쪽으로 갔다. 그때 소네치카가 그의 등뒤에 대고 소리를 질렀다.

"거기 서세요! 아녜요! 아녜요! 저 결혼 안 했어요!"

열람실에 앉아 철해놓은 신문 묶음을 보던 한 노인이 못마땅하다는 표정으로 그녀 쪽을 바라보았다. 로베르트 빅토로비치는 돌아서서 평평한 입술로 웃으며, 이 여자가 자신에게서 빠져나가려 한다는 의심을 가졌던 방금 전의 당혹스러움 때문에 더욱 다른 곳으로 주의를 돌렸다. 그는 무슨 말을 해야 할지, 어떻게 행동해야 할지 알지 못했다.

* * *

노쇠한 로베르트 빅토로비치와 태생적으로 허약한 소네치카가 피란생활의 곤궁한 벌판, 가난, 억압, 전쟁 첫해 겨울의 숨겨진 공포를 겨우 덮어주는 격렬한 구호 속에서 그루지야 스반족의 첨탑처럼 폐쇄적이고 고립된, 그러나 조각난 과거를 빠짐없이 이어주는 새로운 삶을 건설할 수 있도록 하는 힘은 어디서 비롯된 것일까. 눈이 먼 나방의 움직임처럼 종잡을 수 없고 번개 같은 속도의 유쾌한 전환이 일어나는 로베르트 빅토로비치의 삶은 유대 문헌에서 수학으로, 그리고 자신이 스스로 정의한 바에 따르면 결국 그의 삶에서 가장 중요한 일이자 무의미하지만 그만둘 수 없는 직업인 물감 칠하기로 옮겨갔고, 소네치카의 삶은 책 속에서 낯선 사람들이 지어낸 허구의 매혹적인 공상에서 양분을 얻었다.

이제 소네치카는 고상하고 신성한 경험의 부재와 로베르트 빅토로비치가 그녀에게 흘려주는, 선뜻 이해되지 않는 그 모든 고상하고 중요한 것에 대한 무한한 공감을 공동의 삶 속으로 끌어들였다. 늦은 밤까지 계속되는 아내와의 대화 속에서 그의 과거는 새롭고 다른 방식으로 이해되었고, 그는 놀라움을 금치 못했다. 마치 현자의 돌을 만지기라도 한 것처럼 늦은 밤 아내와의 대화는 과거를 정화하는 마법이었다.

로베르트 빅토로비치가 기억하기에 오 년간의 수용소생활 중 첫 두 해가 가장 힘들었는데, 그 이후에는 어찌어찌 적응하여 간부 부인들의 초상화를 그리기 시작했고, 모사품을 그리라는 주문에 응하기도 했다. 원본 자체가 쇠락한 예술의 빈약한 견본들이어서, 로베르트 빅토로비치는 왼손으로 그리는 등 형식적 방법들을 달리하여 자신의 흥미를 돋우었다. 그러면서 그는 일시적으로 왼손을 씀으로써 색에 대한 인지가 변화한다는 사실을 발견했다.

로베르트 빅토로비치는 내면이 금욕주의적인 사람으로서 항상 최소한의 것으로 지낼 능력이 있었는데, 그가 필수적이라고 여겼던 것들—치약, 좋은 면도칼, 뜨끈뜨끈한 면도용 물, 손수건, 화장실 휴지—을 오랫동안 누리지 못했기에 지금은 사소한 것들 하나하나, 아내 소냐가 있는 매일매일의 새로운 날, 기적적으로 수용소에서 풀려나고 일주일에 한 번씩만 동네 경찰서에서 거주 확인을 하면 되는 사람이 가지는 상대적인 자유에도 기뻐했다.

부부는 다른 사람들보다 잘 지냈다. 공장관리부가 예술가에게 지하 난방실 옆의 창 없는 방을 내주었다. 따뜻했다. 전기가 끊긴 적도 거의 없었다. 인부가 소네치카의 아버지가 가져온 감자를 삶아주었는데, 아버지는 자신만의 확실한 기술을 이용해 음식을 추가로 얻곤 했다.

어느 날 소냐는 자신에게 천성적으로 없는 파토스를 가볍게 실어서 꿈꾸듯 말했다.

"우리가 이기고 전쟁이 끝나면 즐거운 삶이 시작되겠지?"

그러자 남편은 건조하고 따끔하게 말했다.

"그런 꿈을 왜 꿔? 우리는 이미 행복하게 살고 있잖아. 그리고 이기고 지는 문제에 관해서라면 말이지…… 사람 잡아먹는 놈들 중 어떤 놈이 이기든 우리는 그냥 항상 지기로 하자." 그는 이상한 표현으로 어둡게 말을 끝냈다. "내가 스승님한테서 배운 건 말이야, 녹색이건 파란색이건, 파르물라리우스건 스쿠타리우스건 그 어느 편도 들지 말라는 거야."*

"그게 무슨 말이야?" 걱정스레 소냐가 물었다.

"내 이야기가 아니라, 마르쿠스 아우렐리우스 이야기야. 녹색, 파란색은 로마시대 경마장 파벌의 상징색이고. 난 어떤 말이 제일 먼저 들

---

* 마르쿠스 아우렐리우스의 『명상록』에 나오는 구절을 인용하고 있다. '녹색'과 '파란색'은 기마병의 옷 색깔에 따라 편을 나눈 경마장을 의미하고, '파르물라리우스'와 '스쿠타리우스'는 검투사의 이름이다. 마르쿠스 아우렐리우스는 『명상록』의 이 부분에서, 스승에게 불편부당한 사람이 되라는 가르침을 받았다고 밝혔다.

어오느냐에는 관심 없어. 그건 우리한테 중요한 게 아니야. 어찌됐건 사람은, 그 개인의 생은 끝나기 마련이거든. 소냐, 이제 자."

그는 머리를 수건으로 말아올리더니—수용소생활에서 얻은 이상한 습관이었다—순식간에 잠이 들었다. 소네치카는 대화를 제대로 끝맺지 못한 것을 괴로워하며, 또 이 끝맺지 못한 대화보다 더 끔찍한 추측들을 밀어내며 어둠 속에서 오래 누워 있었다. 남편이 통달한 지식들은 너무나 위험해 건드리지 않는 게 나았다. 소냐는 자신의 걱정스러운 생각을 다른 곳으로, 자신의 배 아래쪽에서 느껴지는 야릇하고 섬세한 느낌으로 옮기며, 성냥개비 길이의 4분의 1만한 손가락들이 지금 소냐를 둘러싼 것과 같은 어둠 속에서 자신의 첫번째 집의 부드러운 벽을 훑고 있을 모습을 상상하며 미소 지었다.

책 속의 삶을 살아 있는 것처럼 생생하게 받아들이는 소네치카의 능력은 자취를 감추었고, 갑자기 이 세상에서 가장 변변치 않았던 것들, 예를 들어 직접 만든 쥐덫으로 쥐를 잡은 일, 컵 안에 떨어진 오래된 죽은 나뭇가지, 로베르트 빅토로비치가 우연히 얻게 된 중국차 한 줌이 문학 속 인물들의 첫사랑이나 그들의 죽음, 지옥으로 내려가는 사건, 젊은 부부의 취향이 완전히 일치하는 문학적 지점보다 더 중요하고 의미 있는 것으로 다가왔다.

조급했던 그들의 결혼이 이 주째에 접어든 어느 날 소냐는 남편에게서 무언가 무서운 것을 발견했다. 그는 러시아문학에 완전히 무관심했고, 러시아문학이 벌거벗었고 경향적이며 참을 수 없을 정도로 지나치게 교훈적이라고 생각했다. 푸시킨만이 겨우 예외였을 뿐이었다. 논쟁이 시작되면 로베르트 빅토로비치는 흥분한 소네치카에게 그녀가 전혀 이해할 수 없는 엄하고 차가운 논리로 반박했고, 부부의 대담은 쓰디쓴 눈물과 달콤한 포옹으로 끝나기 일쑤였다.

고집 센 로베르트 빅토로비치는 항상 새벽이 오기 전의 깊은 밤에 겨우 잠들어가는 아내에게 남겨둔 마지막 말을 던졌다.

"물렀거라! 가말리엘*부터 마르크스까지 모든 권위들은 물렀거라…… 당신들의 그 과장된 고리키**, 죽을 만치 놀란 예렌부르크***도…… 역시 과장된 아폴리네르****도……"

소냐는 아폴리네르라는 말에 갑작스레 몸을 떨었다.

"당신이 아폴리네르를 알아?"

"지인이었지." 그가 주저하며 말했다. "전쟁에서였어…… 그 사람하고 두 달 동안 같이 지냈어. 그다음에 나는 벨기에로 옮겨졌지. 이프르 근처로 말이야. 이프르가 어딘지 알아?"

"이프리트를 말하는 거잖아." 화수분 같은 남편의 이야기에 즐거워하며 소네치카가 중얼거렸다.

"운이 좋았지……그때 가스 공격이 있었거든. 그런데 난 그때 마침 바람이 불지 않는 쪽 언덕 위에 있어서 독가스를 피할 수 있었어. 운이

---

* 예루살렘의 유대인 율법학자이자 자유주의자로 그리스도교 최대의 선교사인 사도 바울에게 율법을 가르쳤다.

** 러시아 작가(1868~1936). 사회주의리얼리즘의 창시자로, 어린 시절의 비참한 체험을 바탕으로 노동자계급의 현실을 담은 작품을 많이 썼다. 주요 작품으로는 희곡 『밑바닥에서』, 소설 『유년 시대』 『소시민들』 『어머니』 등이 있다.

*** 러시아 소설가이자 시인이며 평론가(1891~1967). 풍자적이고 문명비판적인 소설을 많이 썼으며, 『해빙』에서 예술에 있어서의 공식주의, 관료주의를 비판했다.

**** 프랑스 시인(1880~1918). 초현실주의를 비롯하여 제1차세계대전 전후의 모더니즘 운동을 이끈 선구자.

좋았지…… 난 행운아라고." 그러더니 그는 다시 한번 선택받은 자의 특별한 행운을 확인하기라도 하는 양 소냐에게 팔베개를 해주었다.

러시아문학은 이제 그들의 대화 주제가 되지 않았다.

* * *

최대한 연장해두었던 출장 기간이 끝나고 아이가 태어나기 한 달 전쯤, 로베르트 빅토로비치는 바시키리야*의 다블레카노보 마을로 돌아오라는 다급한 명령을 받았다. 그곳에서 그는 미래에 대한 희망 속에서 유배생활을 해야만 했고, 소네치카는 이 미래가 희망적일 것이라 상상했지만 로베르트 빅토로비치는 그러한 미래에 매우 회의적이었다.

소냐의 아버지도, 폐병으로 몹시 앓던 어머니도 소냐가 출산 때까지만이라도 시市에 머물렀으면 했지만, 그녀는 남편과 함께 가기로 굳게 결심했고, 로베르트 빅토로비치 자신도 아내와 떨어지는 게 내키지 않았다. 이때 사위에 대한 유일한 불만의 그림자가 나이든 시계공에게 드리워졌다. 이즈음에 아들과 첫 사위를 잃어, 늙은이는 말은 하지 않았지만 로베르트 빅토로비치와 가깝게 지내던 터였다. 지금 뒤바뀐 세상에서 그들의 사회적 지위 차이는 중요하지 않은 게 아니라 오히려 프롤레타리아에 대한 인텔리겐치아**의 허위적인 우월성을 드러냈다. 그 밖의 것들을 이야기하자면, 문화라는 빙산의 물에 잠긴 아랫부분은 그 둘에게 동일했다.

---

* 러시아 중서부에 있는 공화국. 수도는 우파.

** 19세기 중엽부터 생겨난 러시아의 지식인 계층.

로베르트 빅토로비치가 일을 모두 마무리하도록 하루의 시간이 주어졌고, 가족들은 그동안 소냐가 떠날 수 있도록 채비를 해주었다. 어머니는 노란 눈물을 뚝뚝 흘리며 자신의 낡아빠진 상의를 잘라서, 가는 바늘로 아기 옷을 만들었다. 전쟁통에 남편을 잃은 소냐의 언니는 시선을 고정한 채 빨간 털실로 작은 양말을 짰다. 아버지는 어디선가 밀 1푸드*를 얻어와 몇 개의 작은 포대에 나누어 담더니 소냐를 못 미덥다는 듯 쳐다보았다. 소냐는 구 개월 만삭의 몸임에도 최근 부쩍 살이 빠져 치마 단추를 고쳐 달 필요조차 없었고, 몸매보다는 팅팅 부은 얼굴과 부어오른 입술로 그 임신 사실을 알아차릴 수 있었다.

"여자애일 거야, 분명 여자애라고." 어머니가 조용히 말했다. "여자애들은 항상 엄마의 미모를 닮는다던데……"

소냐의 언니는 무뚝뚝하게 고개를 끄덕였고 소네치카는 당황스러운 미소를 짓고는 혼잣말로 되뇌었다.

"하느님, 여자애였으면 좋겠어요…… 뽀얀 여자아이요……"

* * *

평소 알고 지내던 한 철도 노역자가 밤중에 역에서 1.5킬로미터 정도 떨어진 곳에 정차된, 차량이 세 칸뿐인 작은 기차에 태워주었다. 나무 패널로 된 찻간은 귀족적 분위기를 풍겼다. 그러나 부드러운 의자와 접이식 식탁은 오래전에 고장났고, 사치스러운 장식들도 널빤지 의

---

* 약 16.38킬로그램.

자로 교체되어 있었다.

스베르들롭스크에서 우파까지 발 디딜 틈 없는 열차를 타고 하루 하고 반나절을 더 갔는데, 가는 내내 로베르트 빅토로비치는 왠지 모르게 미치광이 같던 젊은 시절 처음으로 큰돈을 얻어 1923년 혹은 1924년쯤에 가우디*를 만나러 바르셀로나로 달려갔던 일이 생각났다.

소네치카는 담요를 묶은 두꺼운 매듭 위에 발을 올려놓고 남편의 마른 가슴에 어깨를 기댄 채 기차 안에서 내내 잠만 잤고, 남편은 자신이 머물던 여관으로 향하는 굽은 오르막길이며 창문 앞에 있던 동그랗고 평범한 작은 분수, 바르셀로나에서 한 주 내내 함께 진탕 즐겼던 빼어나게 아름다운 매춘부들의 길쭉한 콧구멍이 달린 거무스름한 얼굴을 떠올렸다. 그는 기억을 더듬어 자질구레하고 선명한 조각조각을 어렵지 않게 끄집어냈다. 부엉이를 빼닮았던 여관 식당의 여자 종업원, '호메로스'라는 커다란 청색 간판이 걸려 있는 가게에서 구입한 옅은 황색 송아지 가죽을 엮어 만든 구두, 그리고 심지어 바르셀로나 아가씨의 이름까지 떠올랐다. 콘체타! 이탈리아인으로 아브루초 지방 출신이라고 했다…… 가우디는 결코 그의 마음에 들지 않았다…… 사반세기가 지난 지금, 세밀한 기억들 속에서 그는 자신의 앞에 있는, 거의 식물과 같고 모든 것이 인위적으로 꾸며진 것 같은, 비현실적인 괴상한 건축물을 보았다.

소네치카는 재채기를 하더니 반쯤 잠에서 깨어 무언가를 중얼거렸다. 그는 아내의 졸린 팔을 자기 쪽으로 끌어당기고는 다시 우파의 변

---

* 스페인 건축가(1852~1926). 전형적인 그의 건축물은 벽과 천장이 굴곡을 이루고 있으며, 곡선이 지배적이다. 구엘공원, 사그라다파밀리아성당 등의 작품이 있다.

방, 야생의 바시키리야로 생각을 돌렸고 회색빛 머리를 갸우뚱거리며 미소를 지었다. '내가 정말 그곳에 있기나 했었던 걸까? 내가 지금 여기 존재한다는 건 사실일까? 이런, 이런, 실감이 안 나……'

* * *

임신 기간이 끝나가고 출산이 임박한 듯한 징후가 나타나자 로베르트 빅토로비치는 소네치카를 산부인과로 데려갔다. 산부인과는 나무가 하나도 없는 넓은 평원의 변두리에 위치해 있었다. 작은 창문들이 뿌옇게 변해버린 낡은 산부인과 건물은 지푸라기와 진흙을 섞어 만든 벽돌로 지어져 있었다.

이곳의 유일한 의사는 곧잘 얼굴을 붉히는 하얗고 여린 피부에 금발인 중년의 판* 주왈스키로 폴란드에서 망명했으며, 얼마 전까지 바르샤바의 멋쟁이 의사이자 상류 인사였고 포도주 애호가였다. 빛나는 푸른기가 도는 흰 가운은 판 주왈스키에게 어울리진 않지만 안정감을 부여했다. 그는 들어오는 방문객에게 등을 돌린 채 밝은 콧수염의 끝을 깨물며 두꺼운 안경알을 스웨이드 천으로 문지르고 있었다. 그는 하루에도 몇 번씩 창문가에 서서, 말끔한 가로숫길이 보이던 바르샤바 병원의 창밖 풍경과는 사뭇 다른 지저분한 수풀이 무성한 엉망진창인 땅을 바라보며 손수건으로 눈물을 훔쳤다. 녹색 격자무늬가 들어간 붉은 영국식 손수건은 이제껏 보관하고 있던 마지막 보물이었다.

---

* 폴란드 지주에게 붙였던 호칭.

판 주왈스키는 말을 타고 40베르스타*를 달려온 중년의 바시키리야 여인을 살펴보자마자 간호사에게 소리쳤다. "이 부인 밑 좀 닦아드려!" 그는 지금 참을 수 없는 모욕으로 떨리는 가슴을 가라앉히며, 피부가 매끈한 자신의 환자들과 그들이 애지중지하는 소중한 성기의 달콤한 우유 향을 우울하게 떠올렸다.

등뒤에 누군가 서 있음을 느낀 그가 돌아서자, 의자에 앉아 있는 낡은 밝은색 망토를 걸친 덩치 큰 젊은 여자와 기운 재킷을 입은 턱선이 날카롭고 머리가 하얗게 센 남자가 보였다.

"의사 선생님, 폐를 끼쳐 죄송합니다만." 남자가 말을 꺼냈다. 판 주왈스키는 단번에 이 목소리에서 이 남자가 자신과 같은 카스트, 즉 유린당한 유럽 인텔리겐치아임을 느끼고는 미소를 띠며 그를 맞이했다.

"뭘요…… 괜찮습니다. 아내분이시죠?" 별로 어울리지 않는 것처럼 보이는 이 남녀가 다른 관계라고 가정할 수 있을 만큼 확연히 나이 차가 나는 것을 눈치챈 판 주왈스키가 반은 질문조로 말했다. 그는 간이 진료실이 마련된 커튼 뒤쪽을 가리켰다.

그러고 나서 십오 분이 지난 후 소네치카를 진단한 그는 출산이 임박했음을 확인했지만, 모든 것이 제때에 맞게 진행된다면 열시 무렵까지는 참아야 한다고 이야기했다.

판 주왈스키는 소냐를 빳빳하고 차가운 유포로 덮여 있는 침대에 눕히고 수의사에 가까운 동작으로 그녀의 배를 몇 번 쓰다듬더니, 사흘 전 사산하고 상태가 괜찮았다가 다시 악화되어가는 바시키리야 여인

* 1베르스타는 약 1.06킬로미터.

에게로 돌아갔다.

두 시간 반이 지나고 나자 의사는 깨끗하게 면도한 두 볼에 커다란 눈물방울을 줄줄 흘리면서, 로베르트 빅토로비치가 아무데도 가지 않고 음울하게 앉아 있는 입구로 나가 거창하고 비극적으로 그의 귀에 속삭였다.

"나야말로 총살당해야 할 놈일 거요. 이런 악조건에서는 수술을 할 수 없소. 아무것도, 말 그대로 아무것도 없어. 그렇다고 수술을 안 할 수도 없는 상황이란 말이오. 내일 패혈증으로 죽을 게 뻔해요!"

"소냐의 상태가 그렇게 안 좋나요?" 죽어가는 소네치카를 떠올리며 로베르트 빅토로비치가 잘 돌아가지 않고 굳어버린 혀로 물었다.

"하느님, 제발 저를 용서해주세요! 당신 부인은 무사하고, 진통이 오고 있어요. 난 이 가여운 바시키리야 여인 얘기를……"

로베르트 빅토로비치는 이를 꽉 깨물고 속으로 욕을 했다. 그는 매 순간 자신이 얼마나 고통스러운지 떠벌리는 신경질적인 남자는 참을 수 없었다. 그는 입술을 깨물며 다른 쪽을 쳐다보았다. 판 주왈스키가 입구에서 이야기하던 십오 분 동안 소냐가 낳은 자그마한 2킬로그램짜리 아이는 하얗고 얼굴이 뾰족했으며, 소냐가 생각했던 것처럼 꼭 그렇게 생겼다.

* * *

소네치카의 모든 것은 아주 깊숙한 것까지 완전히 변해서 마치 예전의 삶이 그녀에게 등을 돌리고 그 자리에 그녀가 그토록 사랑하던 책

속 이야기 대신에 상상할 수도 없는 빈곤의 짐, 가난, 추위, 번갈아가며 병이 나는 작은 타냐와 로베르트 빅토로비치에 대한 매일매일의 끝없는 걱정이 들어선 것 같았다.

만일 그들을 위해 수를 써서 필수품을 조달해주는 아버지의 도움이 없었다면 삶은 더욱더 고단했을 것이다. 가장 힘들었던 이 시기에 아이를 데리고 스베르들롭스크로 이사하라는 부모님의 설득에 소냐는 한결같이 남편과 함께 있어야 한다고 대답했다.

끝도 없이 계속되는 가을을 닮아 쉼없이 비가 내리던 여름이 지나자 금세 혹독한 겨울이 찾아왔다. 짚과 점토로 만든 벽돌로 지은 튼튼하지 못한 작은 집에서 지내다보니, 공장관리부의 지하방은 천국 같은 열대지방의 동산을 생각나게 했다.

가장 큰 걱정거리는 땔감이었다. 로베르트 빅토로비치가 회계로 있었던 콤바인 기사 양성학교는 가끔 그에게 말을 내주곤 했다. 가을부터 그는 종종 아침 일찍 초원에 나가 갈대를 닮은 마르고 기다란 이름모를 풀들을 베어 왔다. 말이 끄는 수레를 가득 채우는 양의 땔감이면 이틀을 버틸 수 있었는데, 그는 스베르들롭스크로 떠나기 전 이 마을에서 겨울을 보낸 경험 덕택에 잘 알고 있었다.

로베르트 빅토로비치는 납작하게 눌러 붙인 풀을 벽돌 모양으로 만들어 작은 곳간에 모아두었다. 감자를 보관할 장소가 필요하다는 생각은 미처 하지 못한 채 자신이 직접 깔았던 바닥의 일부를 들어올렸다. 바닥 아래를 파서 건조시킨 후 슬쩍한 판자를 고정시켰다. 그는 화장실도 만들었는데, 이것을 보고 이웃 노인 라기모프가 고개를 절레절레 흔들며 웃었다. 이런 곳에서 작은 구멍을 낸 나무판자는 과도한 사치

품이었고, 단지 멀지 않은 곳에서 소위 '볼일'을 보는 것으로 옛날부터 버텨온 것이었다.

그는 끈기 있고 튼튼했다. 육체적인 피로는 외려 의미 없는 거짓 수치數値, 도난당한 연료와 자동차 부품, 오른손이 불구인 유쾌하고 뻔뻔스럽고 교활한 우크라이나인 채소밭지기가 운영하는 소규모 개인 경지에서 생산되어 동네 시장에서 팔리는 채소들에 관한 기만적인 보고서 및 허위 문서에 대한 극심한 혐오감으로 고통받는 그의 마음에 위로가 되었다.

대신 로베르트 빅토로비치는 매일 저녁 집의 문을 열어두고 석유램프 냄새 가득한 이글거리는 빛 속, 가뭇한 구름 속에서 자신이 안락의자로 개조해놓은, 이 집의 유일한 의자에 앉은 소냐를 보았다. 그녀의 베개 모양 가슴의 뾰족한 끝 쪽으로 테니스공같이 보송보송한 회색 아기 머리가 달라붙어 있었다. 이 모든 것이 조용하게 흔들리며 박동하고 있었다. 이 순간에 그는 고르지 않은 빛의 파동, 보이지 않는 따뜻한 우유의 파동, 그로 하여금 문 닫는 것을 매번 잊어버린 채 얼어붙게 만드는 보이지 않는 어떤 전류 같은 것을 느꼈다. "문!" 소네치카가 느릿하게 속삭이고는 남편을 향해 미소를 가득 보내면서, 그들의 하나밖에 없는 침대에 어린 딸을 눕히고 베개 아래에 받쳐둔 냄비를 꺼내 텅 빈 테이블 중앙에 놓았다. 형편이 좋을 때는 말고기, 공동경작지에서 나온 감자, 그리고 아버지가 보내준 밀로 진한 수프를 끓여 먹을 수 있었다.

새벽에 소네치카는 꼼지락거리는 딸 때문에 잠에서 깼다. 등뒤로 남편의 존재를 느끼며 아이를 배 쪽으로 끌어당겨 안았다. 눈을 감은 채로 웃옷의 단추를 풀고 아침녘이면 응어리지는 가슴을 잡아당겨 젖꼭지를 두 번 누르자 두 개의 긴 모유 줄기가 꽃무늬 천으로 떨어졌다. 그녀는 이 천으로 젖꼭지를 닦았다. 딸아이는 몸을 뒤척이고 입술을 동그랗게 오므리며 쪽쪽거리더니, 작은 물고기가 커다란 미끼를 낚아채듯 젖꼭지를 물었다. 모유는 충분했고 잘 나왔다. 아이가 아직 이가 나지 않은 잇몸으로 젖꼭지를 조금씩 밀고 당기고 살짝 깨물 때면 젖을 먹이는 소냐에게도 기쁨을 가져다주었는데, 이 감정은 아침이 밝기 전 이른 시간에 어김없이 잠이 깬 남편 역시 왠지 모르게 느끼는 듯했다. 남편이 그녀의 널찍한 등을 껴안고 질투라도 하듯 소냐를 자기 쪽으로 끌어당기면, 그녀는 이 견딜 수 없는 두 사람의 무게가 주는 행복에 숨이 넘어갈 것 같았다. 소네치카는 아침의 첫 햇살에 미소를 지었고, 그녀의 몸은 소중하고 자신에게서 떼어놓을 수 없는 두 존재의 허기를 조용히, 그리고 즐거이 채워주었다.

아침에 느끼는 이러한 감정은 하루를 온종일 빛나게 했고, 모든 일은 쉽고 순조롭게 저절로 이루어지는 것 같았으며, 신이 주신 하루하루가 이웃한 날들과 합쳐지지 않고 그 각각이 소네치카의 기억에 새겨졌다. 한낮에 게으른 비가 내리던 날, 다리가 구부러진 거대한 회갈색 새가 텃밭에 내려앉던 날, 딸의 부푼 잇몸에서 처음으로 치아의 울퉁불퉁한 선이 나타난 날, 혹자는 자잘하고 무의미한 것들을 기억하는 게 무슨 소용이 있느냐고 말할지 모르겠지만 소냐는 일생 동안 매일의 장면들, 그 냄새와 색채, 특히 남편이 과장되고 진중하게 한 매 순간의 말들을 기억했다.

수많은 해가 지나고 나서 로베르트 빅토로비치는 숫자나 시간 등의 아주 세세한 것까지 무엇이든 저 깊은 곳에 쌓아놓고 있는 부인의 기억력에 놀라는 일이 많았다. 로베르트 빅토로비치가 조금씩 자라는 딸을 위해 오래전에 잊은 창작의 기쁨을 상기하며 함께 조립해주었던 장난감들도 소네치카는 가장 세밀한 부분까지 기억하고 있었다. 소네치카는 나무를 깎아 만든 동물들, 밧줄로 만든 하늘을 나는 새, 무서운 얼굴을 한 나무 인형 등 모든 자잘한 것들을 나중에 모스크바로 가지고 왔는데, 하나같이 연약한, 사이좋은 참새떼 같은 라기모프 영감네 아이들과 손자들을 위해 남겨두고 온 장난감들에 대해서도 절대 잊지 않았다. 고딕탑과 도개교가 있는 장난감 왕의 조립식 성, 성냥으로 만든 노예들과 동물들이 딸린 로마 서커스, 삐걱거리는 소리를 내며 움직이면서 우습고 야만스러운 음악을 연주할 수 있는 형형색색의 판과 손잡이가 달린 장치……

이러한 복잡한 장난감들은 어린아이가 가지고 놀 수 있는 수준을 훨씬 뛰어넘었다. 어머니와 마찬가지로 영특한 기억력을 가진 소녀도 이 시기의 많은 추억들을 기억했지만 이 장난감들을 전부 기억하지는 못했고, 아마 기억한다고 해도 부분적이었을 것이다. 왜냐하면 1946년에 우랄에서 알렉산드로프로 가족이 이사한 후, 로베르트 빅토로비치는 딸을 위해 나무토막과 색종이로 환상적인 도시를 만들어주었기 때문이다. 이 도시를 만들기 위한 다채로운 접근법들은 이후 종이 건축이라고 불리게 된다. 이 부서지기 쉬운 장난감들은 1940년대 말과 1950년대 초 가족이 이사를 하는 동안 사라지고 말았다.

만일 로베르트 빅토로비치의 삶에서 첫 절반이 러시아와 프랑스, 그리고 미국, 발칸 지역, 알제리, 다시 프랑스, 마지막으로 재차 러시아로 돌아가는 종잡을 수 없을 정도로 거대한 지리적 범위 안에서 이루어졌다면, 수용소와 유형으로 경계지어진 나머지 절반은 알렉산드로프와 칼리닌, 푸시키노, 리아노조보를 거치는 소규모 이동으로 이루어진 것이라 할 수 있었다. 그렇게 꼬박 십 년 동안 그는 결코 아테네나 예루살렘 같은 곳으로 볼 수 없는 모스크바에 점차 가까워졌다.

전쟁이 끝나고 몇 년 동안 가족을 부양한 사람은 모친으로부터 재봉틀과 독학하는 데 있어 악의 없는 뻔뻔함을 물려받아 소매 다는 법을 깨우친 소네치카였다. 그녀에게 일을 맡기는 이들은 까탈스러운 사람들이 아니었고, 기술자도 항상 제때에 일감을 끝냈다.

로베르트 빅토로비치는 학교 수위나 용도를 알 수 없는 철제압착기 생산조합의 회계 같은, 반半 불구가 할 만한 일을 했다. 파리에서 자유라는 빵을 먹으며 자란 로베르트 빅토로비치는 비록 어리석은 잔인함과 비양심적 위선을 견뎌낼 수 있다고 해도 지루하고 음울한 정부 기관에 근무하는 것은 생각조차 할 수 없었다.

그는 눈처럼 하얀 판 위에 언젠가 딸이 가지고 놀았던 종이, 나무토막 구조물의 제3세대를 만들면서 예술적 상상력을 충족시켰다. 이 과정에서 그는 자신이 설계 조망에 관한 특별한 능력, 말하자면 공간과 평면에 대한 정확한 감각을 지녔다는 사실을 알게 되었다. 그가 큰 종이를 잘라내 어딘가를 조금 움푹 들어가게 한 다음 구부리고 거꾸로 뒤집어 만든 형상은 이름도 없을뿐더러 지금까지 자연에는 존재하지도 않는 이상한 모습이었지만 눈을 뗄 수가 없었다. 언젠가 딸을 위해 고안해낸 놀이들이 이제는 자신을 위한 놀이가 된 것이다.

여자라면 흔히 갖게 되는 믿음은, 소냐의 경우 그 한계를 몰랐다. 남편의 재능은 어느새 믿음이 되었고 그녀는 숭고한 기쁨으로 그의 손에서 만들어지는 모든 것을 지켜보았다. 그녀는 공간과 관련한 복잡한 문제를 이해하지 못하는 것은 물론, 우아하고 섬세한 해법들과도 거리가 멀었지만 남편의 이상한 장난감들 속에서 그의 개성과 재능 있는 손놀림을 느끼고는 행복에 겨워 혼잣말로 소중하게 숨겨놓은 문구를 중얼거리곤 했다. "하느님, 하느님, 제게 왜 이런 행복을 주십니까……"

로베르트 빅토로비치는 말하자면 그림 그리는 일을 때려치웠다. 타네치카*와 함께 했던 예전 놀이들이 새로운 수공예를 탄생시켰다. 이런 일에는 항상 우연이 겹치기 마련이다. 알렉산드로프의 전차에서 그는 파리 시절의 지인으로 모스크바에 돌아온 이후 체포되기 이전까지 관계를 유지했던 유명한 예술가 티믈러를 만났다. 당시 허풍쟁이나 재능 없는 이들을 부르는 말이었던 형식주의자라는 평가를 받던 이 예술가는 불안한 시기를 피해 한동안 극장에 숨어 있었다. 로베르트 빅토로비치를 방문한 그는 한 시간 반 동안, 판자로 만든 헛간에서 아라비아 숫자와 유대 알파벳이 쓰인 몇몇 작품들 앞에 서 있었다. 유대 학교에서 고작해야 이 년간 교육받은 이 지방 목수의 아들은 로베르트 빅토로비치 작품의 독창성을 높이 평가했지만 이 이상하게 생긴 글자의 뜻을 선뜻 묻지는 못했고, 로베르트 빅토로비치 또한 자신에게는 너무나 그 관련성이 명확한 카발라** 글자(그가 젊은 시절 유대교에 심취한 것에 대한 증거물)들과 공간을 분할하고 뒤집어놓는 과감한 유희에 대한 설명이 필요할 것이라고 생각하지 못했다.

---

* '타냐'의 애칭.

** 중세 유대교의 신비주의.

티플러는 오랫동안 아무 말 없이 차를 마셨고 떠나기 바로 전 어둡게 말했다.

"여긴 너무 습하지 않나, 로베르트, 자네 작품들을 내 공방으로 옮기도록 하지."

로베르트 빅토로비치의 작품에 대한 인정인 동시에 고마운 배려였지만 그는 이 제안을 받아들이지 않았다. 우연히 나타난 이름 없는 작품들은 수차례의 이사를 견디지 못하고 한 헛간에서 썩어 사라졌다.

바로 이 헛간에서 유명 예술가 티플러가 로베르트 빅토로비치에게 연극 무대 모형을 만들어달라는 첫 주문을 넣었다. 얼마 후, 그가 만든 무대 모형은 모스크바 극장계 전체에서 명성을 얻게 되었고 주문은 끝없이 이어졌다. 그는 반미터쯤 되는 무대에 고리키의 밤 주막이나 톨스토이의 상속자 없는 고인의 서재, 혹은 오스트롭스키*의 불멸의 헛간도 만들었다.

* * *

좀 별난 아이인 타냐는 장작으로 만들어진 헛간들, 비둘기장, 삐걱거리는 시소 사이를 걸어다녔다. 타냐는 엄마의 낡은 옷을 입는 걸 좋아했다. 삐쩍 마르고 키가 큰 소녀는 소네치카의 헐렁한 옷을 그 안에 파묻히듯 걸치고 색 바랜 캐시미어 손수건을 허리에 맸다. 성숙했지만 아직 날아가지 않은 민들레 씨처럼 타냐의 길쭉한 얼굴 주변에는 땋은

---

* 러시아 극작가(1823~1886). 러시아 근대 국민 연극을 확립했다.

머리채에서 삐져나온 고집 센 머리카락들이 즐비했다. 소녀는 짧은 보폭으로 오래된 나무 술통들, 곰팡내나는 가구들의 냄새와 다 떨어져 필요 없는 물건들의 꽉 찬, 너무나도 꽉 찬 그림자에 짓눌린 짙은 공기 속을 걸어다니더니 갑자기 카멜레온처럼 그 속으로 사라져버렸다. 타냐는 오랫동안 꼼짝하지 않고 있다가 마침내 소네치카가 자신을 소리 내어 찾으면 움찔대며 놀랐다. 소네치카는 걱정스러운 마음에 남편에게 딸의 신경질적이고 이상스러우리만치 내향적인 성격에 대해 상담했다. 그는 소네치카의 어깨에 팔을 올려놓더니 이렇게 말했다.

"내버려둬. 당신도 애가 열병식 행진 하듯 걸어다니는 건 싫잖아……"

소네치카는 어떻게든 타냐에게 독서 습관을 붙여주려 노력했지만, 타냐는 소냐가 솜씨 좋게 책 읽는 소리를 들으면 눈이 멍해져 소냐가 꿈에서도 본 적이 없는 곳으로 도망쳐 사라지곤 했다.

결혼하고 해가 거듭될수록 고상한 소녀였던 소냐는 지극히 현실적인 안주인이 되어갔다. 그녀는 수도관이 설비된 부엌, 딸이 혼자 쓰는 방, 남편의 공방, 커틀릿과 과일 주스, 세 가지 서로 다른 조각을 덧대지 않은 새하얀 풀 먹인 침대보가 있는 사람이 살 만한 평범한 집을 끔찍이도 갖고 싶었다. 이 위대한 목적을 위해 소냐는 두 가지 직업을 가졌고, 밤이면 재봉 일을 해 남편 몰래 돈을 모았다. 게다가 소냐는 거의 맹인이나 다름없으며 병약해진, 혼자가 된 아버지를 모시고 싶었다.

시외버스와 덜컹거리는 전차를 타고 다니며 그녀는 빠르고 추하게 늙어갔다. 윗입술 위의 솜털들은 점차 성별을 알 수 없는 털로 자라기 시작했고, 아래로 축 처진 눈꺼풀은 개의 얼굴을 연상케 했다. 피로 때문에 생긴 눈 밑의 검은 그림자는 일요일 휴식 후에도, 이 주의 휴가 후에도 사라지지 않았다.

노화의 쓴맛은 아무리 콧대 높은 미녀라 할지라도 독이 되는 법이지만 소네치카의 삶에서는 그렇지 않았다. 변함없이 나이가 많은 남편 덕분에 그녀는 항상 자신의 시들지 않는 젊음을 느낄 수 있었고, 로베르트의 꺼지지 않는 아내 사랑이 이것을 더욱 확실히 느끼게 만들었다. 매일 아침은 익숙해지지 않을 만큼 선명한, 과분하기까지 한 여자로서의 행복의 빛깔로 덮였다. 동시에 영혼 깊은 곳에서 소네치카는 누군가의 실수 혹은 부주의로 자기에게 우연히 주어진 이 모든 행복을 언제라도 잃을 수 있다는 가능성에 대해 비밀스럽게 마음의 준비를 했다. 사랑스러운 딸 타냐도 소네치카에게는 우연찮게 받은 선물 같았다. 당시 산부인과의사는 소냐의 자궁이 소녀의 것처럼 아직 성숙하지 못해 출산은 불가능하다고 말했고, 타네치카 이후 소냐는 더 임신을 하지 못한 게 서러워 울기까지 했다. 그녀는 아이를 더 많이 낳지 않으면 남편에게 사랑받을 자격이 없다고 생각했다.

* * *

1950년대 초 소냐네 가족은 그녀가 일궈낸 각고의 노력 끝에 집값을 반 정도 치르고 '디나모' 지하철역 옆 페트롭스키공원 근처로 이사했다. 이 시기에 온전히 남은 얼마 되지 않는 건물들 중 2층짜리 목조건물의 4분의 1 정도를 얻게 된 것이다. 이 훌륭한 건물은 혁명 바로 전까지 이름을 떨쳤던 한 변호사의 별장이었다. 집에 딸린 정원의 4분의 1도 추가로 소냐네 소유가 되었다.

모든 것이 마련되었다. 타냐에게는 혼자만의 방인 2층의 다락방이 생겼고, 마지막 여생을 보내는 소냐 아버지는 구석방을 차지했으며, 로베르트 빅토로비치는 따뜻한 테라스에 작업실을 만들었다. 돈도 여유가 생겼다.

이사한 덕분에 로베르트 빅토로비치는 우연히 화가들이 모여 사는 동네까지 걸어서 십 분 거리인 모스크바의 몽마르트르 가까이에서 살게 되었다. 텅 비고 망가진 곳이라 생각했던 그곳에서 그는 정말 우연히 동지까지는 아니더라도 적어도 대화 상대가 되는 사람들을 찾았다. 러시아의 바르비종파*이자 집 없는 고양이와 얻어맞은 새들의 보호자, 알렉산드르 이바노비치 K는 축축한 땅에 앉아 격정적인 그림을 그렸는데, 안타이오스**가 붙어 있는 것같이 엉덩이가 땅에 닿아 있는 동안 창조적 영감이라도 얻는 듯했다. 대머리 우크라이나 불교 신자 그리고리 L은 종이에 차나 우유 등으로 수채화 층을 수십 번 덧칠해 투명한 도자기나 비단을 만들어내는 사람이었다. 부러진 코에 여러 가지 색으로 머리카락을 염색한 시인 가브릴린은 어렸을 적부터 화가의 재능을 가지고 태어난 사람으로, 커다랗고 아무렇게나 뜯어진 종이 포장지 위에 자신이 쓴 앞뒤가 똑같은 시, 활자 암호 같은 것들을 복잡한 형태 사이에 그려넣어 로베르트 빅토로비치를 감탄시켰다.

---

* 자연을 낭만적이고 서정적인 화풍으로 그렸던 프랑스 파리의 풍경화가 집단.

** 그리스신화에 등장하는 거인으로 바다의 신 포세이돈과 땅의 여신 가이아 사이에서 태어났으며, 땅에 몸이 붙어 있는 한 당할 자가 없고 땅에 쓰러지면 더욱 힘을 얻는다고 한다.

기만적인 해빙기 초반에 모습을 드러낸 이 특이한 사람들이 모두 로베르트 빅토로비치 주변으로 몰려들었고, 그의 조용한 집은 점차 주인이 직접 명예회장 역할을 맡는 일종의 모임 장소로 변했다.

로베르트 빅토로비치는 언제나처럼 말이 별로 없었지만 그의 회의적인 지적이나 농담 한마디는 산으로 가던 토론이나 잡담을 새로운 대화의 장으로 옮겨오기에 충분했다. 오랜 기간 무겁게 침묵하던 나라가 드디어 입을 열기 시작했으나 이 자유로운 대화는 아직 꼭 닫은 문 안쪽에서 이루어졌고, 두려움이 아직 그들의 등뒤에 있었다.

소네치카는 버섯 모양의 매끈한 나무 꼭다리에 타냐의 양말을 씌우고 기우면서 남자들의 대화를 듣곤 했다. 그들은 겨울 참새에 대한 이야기나 마이스터 에크하르트의 환시幻視에 관한 이야기들, 차를 끓이는 방법들에 대한 이야기, 괴테의 색채론과 같은, 밖의 세상과는 전혀 동떨어진 대화를 나누었지만, 소네치카는 이 전 세계적인 대화의 불꽃 앞에서 경건하게 달아올랐고 계속해서 속으로 중얼거렸다. "하느님, 하느님, 제게 왜 이런 일들이 일어나는 거죠……"

* * *

납작한 코를 가진 가브릴린은 예술이라면 이것저것 무엇이든 좋아하고 보는 사람이었는데, 닥치는 대로 잡지를 읽어대는 습관이 있었다. 어느 날 그는 도서관에 갔다가 미국에서 나온 한 예술잡지에서 로베르트 빅토로비치를 다룬 긴 기사를 보게 되었다. 예술가의 짧은 약력은 1930년대 말 스탈린 시대의 수용소에서 사망한 것에 대한 과장된 이야기로 마무리되어 있었다. 기사의 분석 부분은 이 시인에게는 너무나도 어려운 언어로 쓰여 있어서 모든 것을 이해할 수는 없었지만, 가브릴린이 번역할 수 있었던 부분에 따르면 로베르트 빅토로비치는 고전 작가에 가까웠고 유럽에서 지금 힘차게 개화하는 예술적 경향의 선구자였다. 기사에는 그의 작품 사진 네 점이 총천연색으로 실려 있었다.

다음날 로베르트 빅토로비치는 예의 바르비종파 친구와 함께 모스크바 도서관으로 가서 그 기사를 찾아 읽어보더니 불같이 화를 냈다. 네 개 중 한 사진이 그와는 아무 관련이 없는 모란디의 작품이었고, 작품 하나는 아예 거꾸로 게재되어 있었기 때문이다. 기사의 내용 또한 그를 더욱 화나게 했다.

"미국은 1920년대에도 절망적인 바보들의 나라라는 인상을 주었지. 아직도 여전한 게 분명하군." 그가 투덜거렸다.

그러나 가브릴린은 모두에게 이 기사에 대해 이야기하며 동네방네 소문을 냈고, 행동이 재빠른 연극 예술가들은 이 늙은 무대 미니어처 제작자를 기억해내고는 다시 그와 친밀한 관계를 맺기 원했다.

로베르트 빅토로비치는 이 급작스러운 사건으로 인해 전혀 예기치 않은 방식으로 예술가협회의 일원으로 받아들여졌고 공방도 제공받았다. 그의 아틀리에는 디나모 스타디움 쪽으로 창문이 나 있는 훌륭한 공간으로, 결코 파리 게이뤼삭 거리의 뤽상부르공원이 보이는 망사르드지붕 다락방에 있었던 그의 마지막 아틀리에에 뒤지지 않았다.

* * *

소네치카도 거의 마흔 살이 다 되었다. 머리가 희게 세고 살도 많이 쪘다. 메뚜기처럼 마른 로베르트 빅토로비치의 경우는 거의 변한 것이 없었기 때문에 그들은 점차 동년배처럼 변해갔다. 타냐는 부모가 나이가 많다는 것은 물론이고 자신의 큰 키, 발, 가슴을 부끄러워했다. 당시 아직 성장이 과도하게 빠른 아이들이 많지 않았던 시기에 이 모든 것은 제 크기, 제 사이즈를 벗어난 것이었다. 하지만 타냐에게는 소냐에게 있었던 놀림쟁이 오빠 따윈 없었고, 각기 다른 연령대의 타냐를 그린 훌륭한 초상화들이 벽에 걸린 채 그녀를 사랑스럽게 바라보았다. 이 초상화들은 타냐의 불만을 다독여주었다. 7학년이 되고 나서야 그녀는 자기가 아직 덜 자란 동급생들이나 고학년 남학생들에게 매력이 있다는 사실을 확실히 눈치챌 수 있었다.

아주 어렸을 적부터 타냐의 모든 욕망은 쉽게 충족되었다. 타냐를 사랑하는 부모는 딸이 원하는 것을 먼저 알아채고 이를 만족시켜주기 위해 노력하는 사람들이었다. 물고기, 강아지, 피아노 등은 타냐가 이야기를 꺼내기가 무섭게 바로 그날 그녀 앞에 나타났다.

타냐는 태어날 때부터 어마어마한 장난감들에 둘러싸여 있었고, 같이 놀 친구가 필요 없는 독창적인 놀이들은 그녀의 삶을 이루는 중요한 요소였다. 길었던 어린 시절의 취미를 뒤로하고, 약 이 년간 그녀는 휴면 상태에 있으면서 사춘기라고 알려진 전환기를 겪었다. 타냐는 어른들이 좋아하는 놀이를 일찍이 깨닫고서는 욕망 충족에 대한 자신의 권리를 분명히 인식하고 억눌리지 않은 개인의 자유를 느끼며 이 놀이에 전념했다.

비티카 스타로스틴에 대한 소네치카의 굴욕적인 사랑과 조금이라도 비슷한 것이 타냐에겐 나타나지 않았다. 그녀는 평균적인 잣대로 보면 미녀가 아니었고, 모두가 귀엽다고 인정할 만한 것도 전혀 없었지만, 얇은 코에 긴 얼굴, 빳빳하게 뻗쳐 있는 곱슬머리, 가늘고 유리같이 빛나는 눈이 매력이라면 매력이었다. 아직도 만사가 놀이인 타냐의 행동과 태도 또한 또래들에게 매혹적이었다. 그녀는 책, 연필, 자기가 쓰고 있는 모자 등을 가지고 계속해서 놀이를 했다. 그녀의 손에서는 계속해서 작은, 가까운 이웃들만 눈치챌 수 있는 연극이 튀어나왔다.

어느 날 수학 숙제를 베끼러 친구 보리스카를 찾아간 타냐는 그의 손가락과 입술을 만지작거리다가 문득 자신에게는 없는 어떤 것을 발견했고, 그것은 엄청나게 그녀의 관심을 끌었다. 그날 저녁 보리스카의 부모님 방 쪽으로 난 문은 살짝 열려 있었다. 텔레비전 앞으로 두 개의 뚱뚱한 그림자가 보이는 밝고 널찍한 틈은 놀이의 규칙 중 하나로 그들은 지금 일어나고 있는 일과는 전혀 관련이 없는 말을 주고받으며 이 규칙을 철저히 따랐다. 이 공연은 "너 한 번도 안 해봤어?" "너는?"과 같은 어린이들의 순진한 질문으로 시작되었다. 그러다 문득 포기를 모르는 타네치카가 이렇게 제안했다. "한번 해보자!" 그래서 이 공연은 직간접적 의미에서 새로운 것의 짧은 삽입으로 종결되었다.

가장 중요한 순간은 평소답지 않게 옆방에서 일찍 저녁식사 시간을 알리는 목소리 때문에 끝이 났고 진도는 적당한 시간을 잡아 나중에 나가기로 했다.

다음번에는 부모님이 집에 안 계셨다. 타냐를 가장 매혹시켰던 것은 자신의 몸에 대한 새로운 발견이었다. 그녀의 몸 모든 부분들, 손가락, 가슴, 배, 등이 접촉에 대해 전혀 다른 반응들을 보이면서 여러 가지 흡족한 기분을 전달해주었다. 무엇보다도 두 사람 모두가 굉장한 만족을 느꼈다는 것이 놀라웠다.

앞으로 튀어나온 큰 앞니에 갈라진 입꼬리를 한 약해빠진 주근깨 소년도 이 방면에서는 특별한 재능을 보였다. 그렇게 이 개월 동안 영감받은 젊은 모험가들은 세시부터 여섯시 반, 그러니까 보리스카의 부모님이 돌아오시기 전까지 사랑의 기술적 측면을 터득했고, 이때 우정과 동업자 범위를 넘어서는 어떤 감정도 느끼지 않았다.

어느 날 둘 사이에 문제가 생겼는데, 이른바 거래상의 이유였다. 타냐가 보리스카에게서 기하학 노트를 빌려가 잃어버렸다. 그러고는 완전히 가벼운 태도로, 게다가 사과하는 기색도 없이 그에게 이 사실을 알렸다. 보리스카는 정확하고 융통성 없는 사람이라 불같이 화를 냈다. 공책을 잃어버린 일 때문이 아니라 타냐의 무례한 태도를 결코 이해할 수 없었기 때문이다. 타냐는 보리스카를 지겨운 잔소리쟁이라고, 보리스카는 타냐를 멍청이라고 불렀다. 그들은 다투었다.

세시부터 여섯시 반까지 할 일이 없게 된 보리스카는 그 시간을 수학 공부에 할애했고, 정밀과학에 헌신하는 것을 자신의 소명으로 받아들였다. 타네치카는 생활을 꾸려나가는 것에 대한 아무 서두름 없이 볕이 잘 드는 작은 방에서 플루트로 거북하고 둔탁한 음악을 연주하고, 손톱을 물어뜯으며 책을 읽었다…… 아, 불쌍한 소네치카, 세계문학의 상아탑에서 지낸 그녀의 빛나는 젊은 시절이여! 판타지 소설, 죄 없는 그녀의 딸이 읽은 것은 외국 판타지를 비롯해 국내 판타지까지,

온통 판타지 소설뿐이었다.

그 당시 타냐의 불안정한 플루트 소리에 숭배자 한 군단이 집결했다. 그녀의 주변 공기는 열띠었고, 정전기로 곤두선 그녀의 곱슬머리는 손을 조금만 가까이 가져가도 살짝 번쩍이며 불꽃이 튀곤 했다. 작은 네모와 사슴 등이 그려진 동물무늬 스웨터, 회색 교복, 군복, 늙은 교육부 장관의 바보 같은 향수 때문에 제안된 1950년대 말 복고풍 교복을 입은 젊은이들 때문에 소네치카는 문을 여닫을 수가 없을 정도였다.

출중한 음악가 블라디미르 A는 난리를 일으키며 유럽에 머물러 있었는데, 당시에는 이러한 행동이 국경의 한편, 소비에트 쪽에서는 정치범죄로 여겨졌다. 1990년대 말에 출판되어 그의 작가적 재능을 드러냈던 회고집에서 블라디미르 A는 이 시기 타냐의 방에서 열렸던 저녁 음악회와 매일매일 조율해줘야 했던 아름다운 선율의 업라이트 피아노를 회고한다. 그는 조심스레 풋내기 음악가에게 물체가 가진 개성의 비밀을 처음 알려준 이 이상한 음악 장치를 기억해냈다. 그는 어린 시절 자신을 키운, 오래전에 돌아가신 나이든 친척이 만들어주곤 했던 버찌 파이의 맛을 추억하듯 이 음악 장치에 대해 회고한다.

블라디미르 A의 증언에 따르면, 그는 줄기가 두 갈래로 자라난 사과나무가 보이는 정원 쪽으로 정교한 창이 나 있는 그 방에서 타냐의 작은 플루트 소리에 맞춰 반주를 하면서 창조적인 상호이해의 설렘을 경험했고, 소심한 듯한 플루트가 좀더 주도적인 역할을 하도록 자신이 즐거운 마음으로 몇 차례나 음악적인 자기파괴를 했다고 한다.

당시 작고 통통한 맥*을 닮았던 블라디미르 A는 타냐에게 반했다. 타냐는 그의 삶과 영혼에 깊은 흔적을 남겼고, 그의 두 명의 아내, 첫

아내였던 모스크바 여인과 두번째 아내였던 런던 여인도 분명 타냐와 같은 타입의 여인이었다.

타냐의 두번째 음악 파트너는 모스크바에서 '페테르부르크의 알료샤'라고 불리던 사람이었다. 볼로쟈**의 클래식 연주에 알료샤의 자유로운 기타 연주, 하모니카에서 깡통 두 개에 이르기까지 소리를 내는 것이라면 뭐든 다룰 줄 아는 능력이 대비되었다. 게다가 그는 시인이면서 동시에 새로운 언더그라운드 문화의 초기 곡들을 소리 높여 불렀던 사람이기도 했다.

또다른 사내아이들도 있었다. 그들은 참가자라기보다 입회인에 더 가까웠지만 그 존재는 필수적인 것이었다. 왜냐하면 그들이야말로 이후 미래의 두 유명인사에게 꼭 필요한 열광적인 청중이 되었기 때문이다.

* * *

젊은 시절, 로베르트 빅토로비치도 일종의 보이지 않는 회오리의 중심에 서 있었다. 하지만 그것은 더욱 지적인 성질의 것이었다. 타냐의 플루트에 사람들이 반응하는 것처럼 그가 만들어내는 기류에도 젊은 사람들이 모여들었다. 특히 일찍 성숙해버린 유대인 남자아이들이나 요즘 말로는 틴에이저들이 그랬다. 이들은 전쟁이 시작되기 전 유행했던 마르크시즘 대신 카발라 해설서인 『세페르 하조하르』, 일명 『빛의

---

* 중남미와 서남아시아에 사는, 돼지를 닮은 코가 뾰족한 동물.

** '블라디미르'의 애칭.

책』을 읽었다. 키예프의 유대인 지역 포돌에 살던 이 사내아이들은 로베르트 빅토로비치의 아버지인 방앗간 주인 아비그도르의 집으로 모여들었다. 이곳의 집들은 벽과 벽이 서로 맞붙은 구조였는데, 아비그도르 씨의 옆집에는 이십 년 뒤 파리에서 로베르트 빅토로비치와 친한 사이가 될 레프 셰스토프의 아버지 시바르츠만이 살고 있었다.

이곳에 모인 사내아이 중 누구도 전쟁과 혁명을 거치고 나서 유대 전통 철학자나 종교 지도자가 되는 길을 걸을 수 없었다. 이 아이들은 모두 '에피케이레스', 즉 '자유롭게 사고하는 자들'로 자랐다. 이중 하나는 실제로 영화를 잘 만들기도 했지만, 그보다는 유명한 이론가로 명성을 떨치게 된다. 또다른 아이는 유명한 음악가가 되었고, 어떤 아이는 수술을 잘 집도하기로 소문난 외과의사가 되었다. 이들은 모두 아비그도르의 지붕 아래에 축적된 젊은 에너지를 먹고 자랐다.

로베르트 빅토로비치의 추측에 따르면, 타냐의 주변에서 일어나는 모든 일들은 여성성—그에게는 매우 적대적인 요소—하에서 일어나고 있다는 것과, 영락하고 타락한 젊은 세대라는 것만 빼면 그가 젊은 시절 겪었던 일들과 똑같았다.

로베르트 빅토로비치는 타냐를 방문한 사람들이 때로는 아침에야 떠난다는 것을 처음으로 알았다. 평생 아침 일찍 일어나는 습관을 지켜온 로베르트 빅토로비치는 일곱시가 채 되기 전에 가족과 생활하는 집을 나서 테라스에 있는 자신의 공방에 갔다가, 새로 내린 눈 위에 찍힌 현관에서 울타리 문까지 난 발자국을 보았다. 며칠이 지난 후 발자국을 또 발견한 그는 조심스레 소냐에게 혹시 언니가 자러 다녀갔냐고 물었다. 소네치카는 놀라 되물었다. 아뇨, 아냐 언니는 여기서 안 잤는데……

로베르트 빅토로비치가 뒷조사를 할 필요도 없이, 그는 곧 다음날 아침 정원을 통해 집을 빠져나가는 얇은 재킷을 걸친 키 큰 젊은이를 보았다. 그는 이와 관련해서 소냐에게는 아무 말도 하지 않았다. 소네치카는 밤이 되면 남편의 어깨에 기대 걱정하기 시작했다.

"우리 애가 공부를 너무 안 해…… 아무것도 안 한다고…… 학교에서는 나쁜 말만 나돌고…… 입에 담을 수도 없는 말이 나온다고…… 라이사 세묘노브나는 글쎄……"

로베르트 빅토로비치는 아내를 안심시켰다.

"내버려둬, 소냐, 내버려둬. 구역질난다고…… 그 거지 같은 학교는 관두라고 해. 학교 따위가 대체 왜 필요한 거야?"

"당신, 그게 말이나 되는 소리야?" 소냐가 놀라 물었다. "교육이 필요한 건 당연한 거잖아."

"좀 진정해봐." 남편이 그녀의 말을 막았다. "어린애를 좀 내버려두자고. 원하지 않으면 시킬 필요가 없어. 자기 하고 싶은 피리나 연주하라 하지 뭐. 그것도 괜찮잖아……"

"로베르트, 근데 그 남자애들 말이야. 아무래도 걱정돼……" 소네치카가 조심스레 언성을 높였다. "내 생각엔 아무래도 그애들 중 하나가 우리 타냐 방에 밤까지 남아 있는 것 같아. 그다음부터 우리 애가 학교에 가지 않는 거고."

로베르트 빅토로비치는 자신이 아침에 보았던 일에 대해 소냐에게는 아무 말도 하지 않았다.

타냐의 생활은 보리스카와 헤어진 이후 더 문란해졌다. 스테로이드로 가득찬 사내들이 타냐 주변을 끊임없이 서성였다. 타냐는 이 후보들 가운데 몇몇과는 새로운 유희를 시도하기도 했다. 하지만 어떤 면에서도 보리스카보다 나은 녀석은 없었다.

봄이 될 무렵 그녀가 9학년으로 진급하지 못할 것이라는 게 기정사실이 되었다. 학교생활의 문제는 더는 방관할 수 없을 정도가 되었고, 로베르트 빅토로비치는 소냐에게는 아무 상의도 없이 타냐를 야간학교로 전학시켰는데 이것은 가족에게, 그리고 무엇보다 자기 자신에게 매우 중대한 결과를 초래했다.

* * *

언젠가 소네치카를 로베르트 빅토로비치의 아내로 결정해버린 운명이라는 거역할 수 없는 장난은 타냐에게도 손길을 뻗었다. 그녀가 열정적으로 흠모한 대상은 학교 청소일을 맡고 있으면서, 같은 반 동급생이었던 열여덟 살 야샤였다. 야샤는 몸집이 작고, 갓 낳아 가져온 달걀같이 반들반들한 얼굴을 한 폴란드 여자아이였다. 둘의 우정은 교실 뒤에서 두번째 자리 책상에서 천천히 시작되었다. 덩치가 크고 손발을 크게 흔들어대는 타냐는 약국의 잘 씻은 약병처럼 맑고 투명한 야샤를 넋을 놓고 쳐다보기 시작하더니 기어이 부끄러워 어쩔 줄 몰랐다. 말이 별로 없었던 야샤는 어쩌다 던진 타냐의 물음에는 단음절로 짧게 대답하곤 했고, 절제되고 고상한 표정을 지니고 있었다. 야샤는 파시스트의 공격을 피해 어쩔 수 없이 뿔뿔이 망명할 수밖에 없었던—아버지는 서방으로, 어머니는 젖먹이 여동생과 함께 동쪽의 러시아로—

공산주의자 부모를 가진 아이였다. 야샤의 어머니는 러시아의 수백만 사람들 가운데 융화되지 못하고, 너그럽게도 카자흐스탄으로 유배되었다. 그곳에서 자신의 고원하고 광적인 이념을 상실하지 않은 채 십 년 동안 고통스러운 세월을 보낸 뒤 죽었다.

고아원에 보내진 야샤는 마치 영혼과 몸을 천천히 말려 죽이기 위해 고안되기라도 한 것 같은 환경 속에서도 살아남아 삶에 대한 비범한 애착을 보여주었고, 주어진 상황을 최대한으로 잘 이용하는 능력 덕분에 결국 그곳에서 나올 수 있었다.

회색 눈 위로 높게 치솟은 눈썹과 부드러운 고양이 같은 입은 자신을 보호해줄 사람을 찾는 듯했고, 정말 그런 보호자가 매번 나타나곤 했다. 남자 보호자도 있었고 여자 보호자도 있었지만 그녀는 타고난 독립심 때문에 남자를 더 선호했다. 아주 어렸을 적부터 남자들과 계산을 치르는 간단한 방법을 터득하고 있었기 때문이다.

가장 최근까지 야샤의 보호자였던 사람은 마흔 살의 뚱뚱한 열차 차장 타타르인 라빌이었다. 고아원 아이들이나 그곳에서 도망쳐 나온 아이들이 모여 있는 어떤 괴물 같은 직업학교에 입학한 야샤는 그곳에서 라빌을 만나게 되었다. 더 나은 삶을 계획하기 시작했던 모스크바의 카잔역까지 그녀를 데려다준 사람도 바로 그였다. 그녀의 격자무늬 가방 옆주머니에는 교장의 사무실에서 훔쳐온 얼마 전 발급된 자신의 신분증과 오렌부르크쯤에서 자고 있던 라빌에게서 빼낸 개혁 전 지폐 23루블이 들어 있었다. 아무리 훔친 돈이라고 해도 그녀는 두 가지 이유 때문에 양심에 거리낄 것이 없었다. 묵직한 돈다발에서 겨우 몇 장만 꺼냈다는 것이 첫번째 이유였고, 오는 찻길 내내 나흘 동안 충분히 몸을 놀렸으니 이 돈만큼은 받을 자격이 있다는 게 두번째 이유였다.

라빌은 야샤가 돈을 가져간 사실은 눈치채지 못했다. 그녀가 하루가 지나도 약속한 대로 자기와 함께 카자흐스탄으로 돌아가는 일곱번째 기차간으로 돌아오지 않자 매우 낙심했을 뿐이었다.

야샤는 얼마 전까지도 그토록 순진한 바보 여자아이였던 자신의 이야기를 조금은 자기비하 섞인 미소와 함께 타냐에게 털어놓았다. 그녀는 냄새나는 공동화장실에 들어가 몰려 있던 아시아계 여자들을 깜짝 놀래주며 옷을 홀딱 벗고는 기차에서 배급되는 회색 수건을 세면대에 적셔 머리부터 발끝까지 닦아냈다. 그러고는 예의 격자무늬 가방에서 신문지 두 장에 싸인, 이런 경우를 대비해 오랫동안 보관해둔 레이스 옷깃이 달린 하얀색 블라우스를 꺼내 입고, 회색 수건은 녹슨 철제 쓰레기통에 내던져 버리고는 모스크바를 점령하기 위해 입성했었다. 그리고 처음으로 당도한 거점, 세 개의 역이 집결되어 있는 유명한 카잔 광장에서 일을 시작했다.

격자무늬 가방에는 두 개의 팬티, 더러운 파란색 블라우스, 직접 베껴 쓴 시가 적혀 있는 공책, 유명한 배우들의 엽서 뭉텅이가 들어 있었다. 야샤는 강하고 세상 물정에 밝았으며 믿기지 않을 정도로 순진했다. 그녀는 영화배우가 되려고 했다.

이런 상황에선 야샤가 직업적인 매춘 여성이 될 가능성이 농후했지만 그런 일은 일어나지 않았다.

모스크바에서 보낸 이 년 동안 야샤는 엄청난 성공을 거두었다. 그녀는 임시 거주등록증을 갖게 되었고, 청소부로 일했던 학교의 창고에서 임시로 살 수 있었다. 지방 경찰로 있는 얼굴이 빨갛고 늙은 말리닌이 때때로 그곳에 찾아들곤 했다. 야샤가 이 모든 임시적인 운명의 선물들을 얻을 수 있었던 것도 바로 그가 도와준 덕택이었다. 말리닌의 방문은 짧았기 때문에 야샤도 별로 힘들지 않았지만 사실 말리닌 자신도 그다지 내켜하지 않았다. 그는 뇌물을 받거나 돈 따위를 뜯어내는 일을 좋아했는데, 야샤에게서는 가져갈 것이 아무것도 없었기 때문에 그녀가 제공하는 것을 순순히 받아들여야만 했을 뿐이었다.

창고에 뉘어져 있는 체육 매트는 훌륭한 침대가 되었고, 그 위에서 야샤는 타냐에게 자신의 이야기를 해주었다. 타냐는 연민과 질투, 자신의 어쩔 도리 없는 유복함에 대한 부끄러움이 엉킨 복잡한 감정을 느끼며 모든 이야기를 깊게 새겨들었다. 야샤는 자신에 대한 모든 것을 자세하고 정확하고 건조하게 이야기하면서, 문득 다른 사람의 입장에서 지내온 세월들을 보게 되었고, 이 세월이 너무나 증오스러워 이후로는 어느 누구에게도 이야기하지 않았다. 야샤는 자신을 위해 과거를 새롭게 꾸며댔다. 그녀의 꾸며낸 이야기에는 귀족 할머니와 폴란드 영지, 프랑스 친척들이 포함되어 있었다. 그들은 그녀 삶의 적기에 출현할 도깨비 같은 존재들이었다.

야샤의 창고 외에도 학교에는 또다른 주거 공간이 있었다. 거기에는 러시아어와 문학을 가르치는 여선생이 살고 있었다. 전쟁에서 남편을 잃은 타이시야 세르게예브나였다. 말리닌의 방문을 그녀는 극력 반대하기는 했지만, 말리닌의 방문이 자기가 야샤에게 맡긴 보모 일이나 온갖 청소에 방해가 되는 것도 아니었다. 야샤는 온갖 허드렛일을 도와주는 대가로 여선생의 책 선반에 있는 책들을 마음대로 볼 수 있고 문학 수업에 들어가지 않아도 되었다. 타이시야 세르게예브나는 야샤가 문학 수업에 들어오는 대신 자신의 아이들을 돌봐주는 것을 더 좋아했다.

그날의 일을 마치고 나면 야샤는 땀냄새로 범벅이 된 체육 매트 위에 누워 크릴로프*의 우화를 외웠다. 이 우화들은 모든 시대에 걸쳐 어떤 연극학교든 그곳에 입학하기 위해서는 당연히 외워야 하는 것들이었다. 아니면 셰익스피어를 첫 권부터 끝 권까지 소리 내어 읽었다. 그녀는 프로스페로의 딸 미란다부터 페리클레스의 딸 마리나 역까지 셰익스피어의 모든 여성 인물 역들을 비극적 톤으로 읊어댔다.

야간학교의 교사들은 낮 시간에는 야간반 제자들의 어린 동생들까지 가르치느라 점심때가 되면 녹초가 되기 마련이었고, 막상 저녁이 되면 고학년들을 다룰 힘이 남아 있지 않았다. 게다가 한 반의 절반이 가까이에 위치한 경찰 기숙사에 사는 청년들이었고, 이 지친 젊은이들은 어두운 교실에서 평화로이 졸면서 그럭저럭 점수를 받아 그대로 다음 학년으로 올라가 계속 공부했다. 누군가는 법률가가, 누군가는 공산당의 무엇인가가 되기 위해서…… 야샤는 반 전체에서 책상이 키에 맞는 유일한 학생이었다. 어린 학생들을 괴롭히기 위해 특별히 고안된 이 나무 책상에서 야샤를 제외한 다른 아이들은 옴짝달싹 못했다.

손발을 크게 흔들며 급격하게 움직이는 타냐는 막무가내 제멋대로인 송아지처럼 시끄러운 소리를 내며 움직였다. 타냐는 책상에 앉을 때면 책상을 밀곤 해서 야샤가 그녀의 조그만 머리를 번쩍 치켜들게 만들었다. 야샤는 넣고 뺄 수 있는 필기용 판자를 책상에 집어넣고, 허

* 러시아 시인(1769~1844). 사회악과 부도덕에 대한 풍자를 민중의 언어와 멋들어진 시 형식으로 표현했다.

벅지를 매끄럽고 부드럽게 움직이며 조용히 자기 책상에서 빠져나갔다. 그녀는 좁은 통로를 지나 마치 하체가 상체에 끌리듯 걸으며 칠판으로 다가갔다. 뒤따라오는 다리는 거의 질질 끌리는 듯했고, 발끝으로 순간적으로 멈추었다가 걸었다. 무릎은 낡은 스커트가 아닌 긴 이브닝드레스의 묵직한 천에라도 부딪히듯 움직였다. 등허리의 잘록한 부분은 어떤 특별함이 있었고, 몸의 모든 부분은 제각기 움직였다. 가슴을 살짝 내밀기, 허벅지의 물결침, 복사뼈를 특이하게 굴리기. 이 모든 것이 일부러 만들어진 능청스러운 애교가 아니었다. 그것은 관심과 감탄을 바라는 여자의 몸이 만들어내는 음악이었다. 전쟁의 화약자국으로 검어진 큰 얼굴의 젊지만은 않은 서른 살짜리 경찰 추릴린은 그녀를 뒤에서 쳐다보고는 머리를 흔들며 중얼거렸다.

"야, 굉장한데…… 어휴……"

이 중얼거림에 섞여 있는 것이 혐오감인지 찬미인지는 애매했다. 그러나 고집 있는 야샤에게 추릴린처럼 혀를 내두르는 것 이상을 할 수 있는 경찰은 아무도 없었다.

타냐는 집에 돌아오면서 야샤 같은 걸음으로 어둠 속의 공원을 지나려 시도해보곤 했다. 무릎과 허벅지, 어깨로 야샤가 만들어내는 그런 음악을 만들어내기 위해서였다. 타냐는 목을 위로 들고 다리를 끌고 허벅지를 흔들어보았다. 아무래도 야샤처럼 매력적으로 보이기엔 큰 키가 방해가 되는 것 같았다. 그녀는 등을 조금 굽혀보았다. '야샤한테는 뭔가 꼬마 요정 같은 게 있어.' 타냐는 생각했다. 타냐는 발레 같은 걷기 연습에 지친 긴 다리로 성큼성큼 걸으며 두 팔을 고르지 않게 휘두르고 머리를 젖혀 밤안개를 맞은 머리카락을 뒤로 휘저으며 집으로

왔다. 로베르트 빅토로비치는 이런 밤이면 자주 공원으로 타냐를 마중하러 나왔다가 멀리서 딸의 걸음걸이, 성격이 각인되어 있는 균형 잡히지 않은 움직임을 알아보았고, 자기보다 머리 반 개는 더 큰 딸의 힘과 괴짜스러움을 보며 미소 지었다.

두 사람 모두 밤의 공원을 좋아했다. 침묵 속의 서로에 대한 이해와, 소네치카 앞에서 입 밖에 내지 않는 부녀만의 비밀스러운 공모에 대한 확인을 나눌 수 있는 것을 높게 평가했다. 고상함을 타고난 로베르트 빅토로비치와 그런 아버지의 유전자를 물려받은 젊고 어린 타냐는 일용할 양식과 관련된 일이라면 모두 소네치카의 몫으로 남겨두고, 자신들은 선택된 지적인 엘리트들이 누리는 복지를 요구하곤 했다.

하지만 소네치카는 자신의 팔자를 투덜거리거나 더 고상한 것을 질투할 생각 따위 추호도 하지 못했다. 그녀는 접시와 냄비들을 깨끗이 닦고, 얼룩지는 보라색 펜으로 언니가 빌려준 옐레나 몰로호베츠의 책에서 베껴 쓴 조리법을 참고해서 정성을 다해 식사 준비를 하고, 속옷을 삶고 푸른 물을 들이고 풀을 먹였다. 한편 로베르트 빅토로비치는 소냐의 거대한 등 뒤에서 그녀가 준비하는 곡물 죽이나 매끄러운 수제 비누, 표백제, 콩 등을 건너다보곤 했다. 그러고는 타고난 재치로 소네치카의 살림의 예술적 측면, 고매한 의미, 그리고 아름다움을 찾아냈다. '개미의 세상은 참 지혜롭고 현명한 것이란 말이지……' 그는 순간적으로 그렇게 생각하고는, 따스한 테라스로 난 문을 열어 공방으로 들어가며 뒤로 문을 닫았다. 거기에는 거친 화지, 하얀 납 페인트, 그 밖에 엄격하게 연습하기 위해 들여놓은 몇 가지 그림 도구가 있었다.

타냐는 엄마의 부엌일 따위에는 신경쓸 겨를이 없었다. 그녀는 지금 사랑의 연기 속을 걷고 있었다. 그녀는 아침에 일어나서 눈을 감은 채로 오랜 시간 침대에 누워 야샤를 상상하거나, 또는 어떤 야릇한 상황 속에서 자신이 야샤와 함께 있다고 상상했다. 그들은 백마를 타고 푸른 초원을 달리거나, 지중해에서 요트를 타고 있었다.

자연이 선사한 성스러운 생산 도구마저 거리낌없이 마음대로 대하는 타냐의 성향은 그녀의 본능으로 하여금 다소 길을 잃도록 만들었다. 건장한 사내애들과 즐거운 육체적 만족을 나누면서도 그녀의 영혼은 고상한 사귐, 일치, 합치, 경계나 끝이 없는 상호 관계를 추구했다. 타냐의 영혼은 결국 야샤를 선택했고, 그녀는 자신의 그런 선택을 뒷받침하기 위한 이성적인 설명을 찾으려 무진 애를 썼다.

"아, 엄마. 갠 약하고 바람에 날아갈 듯 가벼워 보이지만 사실은 정말 강한 애야, 보통내기가 아니야!" 타냐는 엄마에게 자신의 새로운 친구 이야기, 그녀의 혹독했던 고아원 시절, 도망, 싸움, 승리를 이야기하며 환호했다. 사실 천성적으로 조심스러운 야샤가 타냐에게 자신의 모든 이야기를 사실 그대로 한 것은 아니었다. 예를 들어, 엄마의 유형이라든지, 어린 시절 푼돈에 몸을 팔았던 이야기, 혹은 자신의 도벽 같은 것들은 타냐에게 결코 하지 않은 이야기에 속했다.

하지만 소네치카는 타냐로부터 들은 야샤의 어릴 때 역경만으로도 그녀가 숨겼을 다른 이야기들까지 충분히 짐작할 수 있었다. '불쌍한 아이네.' 소냐는 혼자 생각했다. '우리 타네치카도 그럴 뻔했는데 말이야. 그런 일이 사실 얼마나 많았냐고……'

그리고 소네치카는 신이 그들을 때 이른 죽음에서 보호했던 수많은 순간들을 떠올렸다. 사람들이 로베르트를 알렉산드로프 전차 칸에서 던져버렸던 일, 또 그녀가 일했던 곳의 철제 지주대가 무너져 그녀가 일 분 전까지 머물러 있었던 방으로 벽돌이 쏟아져내려 방의 절반이 새까만 낡은 벽돌로 가득 들어찼던 일, 맹장염 때문에 병원에서 신음하던 일…… "정말 불쌍한 아이네." 소네치카는 한숨을 쉬었다. 아직 만난 적이 없는 이 소녀는 타냐의 특징을 갖고 있었던 것이다……

* * *

새해가 올 때까지 타냐는 야샤를 손님으로 집에 부르지 못했다. 야샤는 어깨를 으쓱이며 항상 초대를 거절했다. 하지만 야샤는 자신이 왜 그토록 고집스럽게 초대를 거절하는지는 설명하지 않았다.

그것은 새롭고 많은 것들을 약속하는 희망의 공간에 대한, 강하고도 불안한 예감이 이미 오래전부터 그녀를 사로잡고 있었기 때문이었다. 야샤는 이 초대에 불확실하지만 매우 큰 희망을 걸고는 마치 중요한 전투를 앞둔 사령관처럼 비밀스럽고 세밀하게 만반의 준비를 하고 있었다.

니키트스키예 대문이 있는 곳에서 멀지 않은 상점 '옷감'에서 야샤는 만지면 차갑고 보기에는 뜨거운 색상의 태피터를 골라 늦은 밤시간마다 섬세한 손바느질로 옷을 지었다. 조용히 혼자서 기도하는 마음으로 집중하는 야샤의 모습은 아직 태어나지 않은 아이의 옷을 지으며 부정이라도 탈까 두려워하는 임신부의 모습과도 같았다.

야샤는 12월 31일 열한시가 넘어서야 바르비종파 친구와 시인, 새코에 개구리 입을 한 영화감독이 앉아 있는 식탁에 도착했다. 그녀는 아직 거기 온 유명한 사람들의 얼굴을 제대로 보지는 못했지만 마음속은 벌써부터 환희에 차 있었다. 오랫동안 노려온 목표물의 정중앙에 도달했다는 것을 이해하고 있었기 때문이다. 그들이야말로, 이 성숙하고 자립적인 남자들이야말로 질주, 비상, 완전하고 완벽한 승리를 위해 그녀에게 필요한 사람들이었다.

야샤는 상냥한 감사의 눈길을 타냐에게 보냈다. 타냐도 기뻐하며 화장한 장밋빛 볼을 반짝이며 그녀를 맞았다. 마지막까지 야샤가 올 것이라고 확신하지 못했던 타냐도 이제는 마치 야샤가 자기 생각대로 그려낸 그림이라도 되는 것처럼 그 아름다움에 자긍심을 느끼고 있었다.

목둘레선이 깊게 파인 야샤의 옷은 요란하게 사각거렸다. 무거운 아맛빛 머릿결은, 그해에 유행한 영화 〈마녀〉에서 마리나 블라디가 그랬던 것처럼, 밝은색 송진에서 떠낸 것같이 차분하게 어깨 위에 얹혀 있었다. 산양과 같은 야샤의 가슴은 양쪽 가슴이 서로 끌어당겨져 그 사이로 부드러운 골이 생겼고, 타고난 가는 허리는 술잔 허리처럼 유별나게 꼭 죄어져 있었다. 장딴지 아래의 발목은 얇았고, 살이 오른 팔뚝 때문에 손목은 더욱더 가늘어 보였다. 로베르트 빅토로비치에게도 기타 같은 투박한 곡선이 아닌 작은 유리 술잔 같은 아름다움이 순간적으로 눈에 들어왔다.

소네치카만 야샤에게 조금 실망했다. 딸의 친구가 겪은 불행한 운명에 일찍이 동정을 내비쳤던 소네치카는 누더기 신데렐라가 아닌, 말아 올린 속눈썹에 이렇게 잘 차려입은 예쁜 아가씨를 보게 될 것이라고는 예상하지 못했었다. 야샤는 슬라브식의 환한 매력을 뿜어내고 있었다.

자신을 향한 질문에 야샤는 짧게 대답할 뿐이었다. 죽은 엄마의 절제된 왕족 같은 억양으로 "고맙습니다, 아녜요, 감사합니다, 예……" 라고 말하기 위해 화장한 짙은 속눈썹을 들어올려야 할 때를 빼놓고는 그녀의 눈은 항상 아래를 향하고 있었다. 주의깊게 듣는다면 야샤의 짧은 대답에서조차 v 발음과 l 발음이 연결되는 곳에서 폴란드식 악센트를 발견할 수 있었다.

소네치카는 인자하게 야샤의 접시에 음식을 덜어주었다. 야샤는 숨을 내쉬고는 한 번 거절했다가 오리 다리와 젤리 한 조각, 게살 샐러드를 먹었다.

"이제 더 먹을 수가 없어요, 감사합니다." 감동한 야샤가 거의 불평이라도 하는 것처럼 말했다. 소네치카는 아직 야샤에 대한 동정을 거둘 수가 없었다. 고아, 불쌍한 소녀, 고아원…… 하느님, 어떻게 이럴 수가 있나요……

바르비종파 알렉산드르 이바노비치는 성직자의 어두운 목소리로 이탈리아어로 된 오페라 아리아를 불렀다. 술에 취한 가브릴린은 우스운 몸짓으로 개가 벼룩을 찾는 모습을 흉내냈다. 눈을 까뒤집고 때로는 사납게, 때로는 근엄하게 으르렁대더니 머리를 자기 겨드랑이 쪽으로 파묻는 모습으로 모두를 숨이 넘어갈 정도로 웃겼다. 로베르트 빅토로비치도 미소 지으며 두 눈과 새로 해 넣은 이를 반짝였다.

새벽 두시가 지나고 타냐의 열정적인 숭배자 알료샤 피테르스키가 회색 약초 주머니를 갖고 등장했다. 미래에 성공을 누리게 될 그는 이미 이 젊은 시기에 일찌감치 자신을 그렇게 느끼고 있었다. 회색 약초를 좋아하던 그는 넵스키강 근처에서 아시아의 환락을 누구보다 먼저 수용한 이였다. 알료샤는 별 어려움 없이 케이스에서 기타를 꺼내더니

광대 배우 같은 입을 격렬하게 일그러뜨리면서 슬프거나 재미있는 노래들을 길게 늘이며 몇 곡 불렀다.

알료샤는 타냐를 사랑하고 있었고, 타냐는 야샤를 사랑하고 있었다. 그리고 야샤는 이 새해 기념 만찬에서 타냐의 집과 사랑에 빠져버렸다. 손님들이 모두 떠나고 소녀들이 식탁 정리하는 일을 돕고 있을 즈음 아침이 다가왔다. 소네치카는 야샤더러 비어 있는 구석방에서 자고 가라고 했다. 그날 로베르트 빅토로비치가 회색 두루마리 화지를 찾으러 들어갔다가 야샤를 발견하게 될 그 방이었다.

집은 조용했다. 소냐는 손님이 떠난 자리를 치우고 나서 언니를 만나러 떠났다. 타냐는 자신의 다락방에서 잤다. 야샤는 문이 삐걱거리는 소리에 잠에서 깨어 눈을 뜨고 로베르트 빅토로비치가 작은 소리로 욕을 하며 찬장을 뒤지는 모습을 오랫동안 관찰했다. 야샤는 그의 등을 쳐다보며 그가 어떤 미국 영화배우를 닮았는지 기억해내려 애쓰고 있었다. 그녀는 언젠가 바로 저런 얼굴과 바로 저런 짧은 회색 머리를 닳도록 읽었던 폴란드 잡지 『예술 비평』에서 본 적이 있었다. 야샤는 그 배우가 어떤 배우였는지 성을 기억해낼 수 없었다. 하지만 아무래도 그 미국 배우가 입었던 셔츠도 저런 큼지막한 격자무늬였던 듯싶었다.

야샤는 침대에 앉았다. 침대가 삐걱거렸다. 로베르트 빅토로비치가 뒤를 돌아보았다. 거대한 소냐의 잠옷 사이로 짧은 목과 작은 밝은색 머리가 보였다. 소녀는 혀로 입술을 축이고 미소를 짓더니 소매를 잡고는 셔츠를 끌어당겼다. 통이 큰 셔츠는 목 부분을 통해 쉽게 아래로 벗겨졌다. 다리를 움직여 담요를 바닥으로 던지고 그녀가 일어서자 걸쳐져 있던 셔츠가 미끄러지듯 아래로 완전히 벗겨졌다. 어린이 같은 작은 발걸음으로 야샤는 칠을 한 차가운 바닥을 지나 로베르트 빅토로비치에게로 달려갔다. 그녀는 결국 그가 찾아낸 두루마리 화지를 그의 손에서 낚아채고는 자신이 그것을 대신하기라도 하듯 로베르트 빅토로비치의 손에 머물렀다.

"빨리, 한 번만 해요." 자신의 시혜자 경찰 말리닌에게 늘 말했던 것처럼 요정이 내숭 떨지 않고 사무적인 투로 말했다. 야샤는 말리닌한테는 자기가 무엇 때문에 그러는지 알고 있었지만, 이번 경우에는 자신의 이익을 위해서나 계산적으로 생각해서가 아니었다. 그녀 자신도 이유를 알 수 없었다. 이 집이 너무 마음에 들어 고마워서 그런 것이었을까…… 그리고 어쩌면 건장한 로베르트 빅토로비치가 그 유명한 미국 배우를 닮았기 때문이었을까. 그 배우는 피터 오툴이었던가……

야샤는 자신이 받은 호의, 관심과 감사함의 보답을 남자가 물리칠 수 있다는 사실에 대해 미처 알지 못했다. 작은, 마치 따뜻한 밝은색의 나무에서 선반 작업으로 만들어진 듯한 몸매의 그녀가 축젯날 같은 쾌활한 얼굴을 남자에게 들이밀었다.

그는 찬장 쪽으로 뒷걸음질치며 물러서서 엄하게 말했다. "얼른 담요로 들어가, 감기 걸린다!" 그러고는 두루마리 화지에 대해서는 잊어버린 채 방에서 나가버렸다. 로베르트 빅토로비치는 한 번도 그렇게 달 같은, 금속 같은 선명한 몸을 본 적이 없었다.

야샤는 아직 식지 않은 담요를 덮고는 얼마 안 되어 다시 잠이 들었다. 달콤한 잠이었다. 꿈에서도 이 가정적인 집에서 느낀 가정적인 꿈의 달콤함이 잊히지 않았다. 야샤는 이제는 입고 있지 않고 옆에 놓은 소냐의 잠옷을 볼에 가져다 댔다. 천국의 냄새가 났다.

된통 쏘인 로베르트 빅토로비치는 옆방에서 서성이며 몸 둘 바를 모른 채 머리를 감쌌다. 방금 시작된 새해의 이른 황혼이 창문을 쳐다보고 있었다. 소냐는 아직 돌아오지 않았고, 타냐는 아직 삐걱거리는 계단을 타고 부엌으로 내려오지 않았다. 그는 조심스레 구석방의 문을 열고 침대로 다가섰다. 이불을 거의 머리까지 끌어당긴 소녀는 목덜미의 아맛빛 머리카락만 보였다. 그는 자신의 마른 손을 따뜻한 담요 아래로 집어넣었다. 야샤의 꿈속으로 들어간 그의 팔은 꿈을 중단시키지도 망가뜨리지도 않았다. 야샤는 그의 팔 쪽으로 돌아누웠다. 그렇게 로베르트 빅토로비치에게 또하나의, 그리고 마지막 삶이 시작되었다.

* * *

저녁때가 되자 새해 무렵의 진짜 추위가 다가왔다. 식탁에서는 벌써 작년이 된 어제의 남은 음식들이 널브러져 말라붙고 있었다. 로베르트 빅토로비치는 아무것도 먹지 않았다. 어제의 음식은 혐오감을 불러일으켰다. 그는 부활절에 먹고 남은 음식들이 이처럼 수치스러운 것이 되는 것을 막고자 모두 태워버렸던 자신의 현명한 선조들을 떠올렸다.

소네치카는 아무 생각 없이 작은 숟가락으로 설탕도 넣지 않은 차를 저으면서, 계속해서 남편에게 중요한 일에 대해 말하려 했으나 적당한 말을 찾지 못하고 있었다.

로베르트 빅토로비치는 자신의 늙은 뼈들의 한복판에서 즐겁게 조곤거리는 소리들의 아득한 반향을 생각에 잠긴 얼굴로 듣고 있었다. 이런 걸 느낀 적이 있었던 것 같은데…… 그는 기억해내려 애썼다. 어디서 이런 이상한 기억의 감정이 오는 것일까…… 아마도 어린 시절 드네프르강에서 물릴 정도로 놀고 난 다음 서걱거리는, 달궈진 모래 위로 기어나와 그 모래 속으로 파고들어가 뼛속에서 달콤한 반향을 일으킬 때까지 몸을 따뜻하게 했을 때와 비슷한 느낌이었던 것 같다. 또 이 느낌은 어린 시절 그가 아직 로베르트 빅토로비치가 아니라 아비그도르의 어린 아들 루빔이었을 적 오줌을 누러 한밤중 밖으로 나와 고개를 들었을 때 본 수많은 별들의 날카로운 빛과 닮았다. 별들은 마치 궁금하다는 듯이 살아 있는 듯한 눈길로 그를 내려다보았고, 잔잔한 울림이 망토처럼 하늘을 덮고 있었다. 그럴 때면 작은 남자아이는 날카롭고 작게 울리는 조그마한 종들의 끝에 달린 세상의 모든 실들을 자신이 쥐고 있기라도 한 것처럼 느꼈다. 그는 이 거대한 음악상자 속에서 그 중심에 놓였고, 그러면 온 세상은 그의 심장박동, 숨소리, 혈류, 따뜻한 오줌의 방류에 귀를 기울였다. 그 순간, 그는 흐트러진 잠옷을 내리고 두 팔을 천천히 들어올렸다. 말 그대로 이 천상의 오케스트라를 지휘하듯이…… 그러면 음악이 달콤한 파도가 되어 뼈의 중심을 따라 그를 관통했다.

로베르트 빅토로비치는 이 음악은 까마득히 잊은 채 그 기억만을 오래 간직하고 있었다.

"로베르트, 그 여자애 말이야. 우리집에서 살라고 합시다. 구석방이 비잖아." 작은 숟가락을 컵에 멈춰놓고 소네치카가 조용히 말했다.

로베르트 빅토로비치는 놀란 눈으로 아내를 쳐다보고는 자신한테 별로 상관없는 어떤 것에 대해 이야기할 때 항상 사용하는 말투로 말했다.

“당신이 그래야 한다고 생각한다면, 그렇게 하도록 해, 소냐. 필요하면 그렇게 해.” 그러고는 자신의 방으로 갔다.

* * *

야샤는 소네치카의 집에서 살게 되었다. 소냐는 조용하고 예쁜 야샤의 존재가 기분좋았고, 거기에는 불쌍한 여자애를 거두었다는 비밀스러운 자부심도 있었다. 소냐에게 그것은 ‘미츠바’, 즉 선행이었다. 소냐는 시간이 갈수록 자신의 유대인 뿌리에 대한 확신이 생기기 시작했다. 이것은 기쁨이면서 동시에 의무를 수행한 것에 대한 기분좋음이었다.

토요일 가족 의례에 대한 기억이 흩어지듯 되살아났다. 풀 먹여 빳빳한 의례용 식탁보를 덮은 견고하고 육중한 다리의 식탁, 촛불, 집에서 만든 빵, 유대인 가정이라면 토요일 전야마다 행해졌던 성찬식 등 흔들리지 않는 원칙을 가진 선조들의 의례적인 삶이 소냐를 잡아끌었다. 이러한 전통적 삶과 절연된 소네치카는 자신의 모든 무의식적인 종교적 열정을 고기, 파, 당근을 갖고 하는 부엌 요리의 법석에, 잔인할 정도로 하얀 냅킨에, 양념통이나 나이프받침에, 접시가 왼쪽 오른쪽에 제대로 배열되는 상차림 등에 쏟아부었다. 이것은 사실 전혀 다른 규범, 최근의 부르주아적인 규범이었지만 소냐의 생각은 그곳까지는 미치지 못했다.

최근 몇 년간, 생활이 상대적으로 윤택해지기 시작하면서 그녀는 갑자기 자신의 가족이 너무 적다고 생각하기 시작했다. 그래서 소네치카는 다른 유대인 친족들이 대개 그런 것처럼, 많은 아이를 낳을 수 없었던 자신의 처지를 은근히 슬퍼했다. 그녀는 니즈냐야 마슬롭카에 있는 중고 시장에서 믿기지 않을 정도로 싼값을 치르고 짝이 맞지 않는 쿠즈네초프산 소스를 담는 통이나 영국식 접시 따위를 계속해서 사들였다. 딸 타냐가 아이를 많이 낳을 것을 미리 대비하는 것 같았다.

소냐의 종교는 마치 성서처럼 세 개의 부분으로 나뉘어 있었다. 토라, 네비임, 케투빔 대신에 정찬은 전채, 주요리, 후식으로 이루어진다는 것이 그녀의 종교였다.*

야샤가 식탁에 앉아 있으면 소냐는 마치 식구가 늘어난 것 같은 환상을 느꼈다. 식탁에 자연스럽고 예쁘게 앉아 식탁을 돋보이게 하는 야샤는 절대 많이 먹는 것처럼 보이지 않았지만, 식지 않는 허기로 지칠 때까지 먹고 또 먹었다. 매 순간 허기져 있었던 어릴 때의 기억이 남아 있었기 때문이다. 의자 등받이에 기대어 야샤는 조용히 신음했다.

"어휴, 소냐 이모! 진짜 맛있었어요…… 또 너무 먹었나봐요……"

그러면 소네치카는 인자하게 미소 지으며 과일 절임이 담긴 납작한 유리 단지들을 내놓았다.

* * *

두 달이 흘렀다. 야샤는 고양이처럼 능숙한 적응력과 타고난 섬세한 행동 덕택에 구석방뿐만 아니라, 이 가족 사이에서 반쯤 친척 같은 입

---

* 구약성경은 율법서 토라, 예언서 네비임, 성문서 케투빔으로 구성되어 있다.

지를 굳힐 수 있었다.

아침 일찍 야샤는 학교의 거친 복도와 물이 흥건한 화장실을 청소하러 나갔고, 저녁이 되면 타냐와 함께 바로 그 학교에 공부를 하러 다시 갔다. 그들은 때로는 학교에 가지 않고 꾸벅꾸벅 조는 선생님을 피해 재미없는 수업을 빼먹기도 했다. 타냐와 야샤는 자매 같은 사이가 되었다. 게다가 타냐가 나이로는 더 어렸지만 야샤가 자신의 집에 들어와 살고 난 이후부터 슬며시 언니 자리까지 차지했다. 야샤에 대한 타냐의 사랑은 이전의 환희나 긴장의 감정을 잃어버렸다.

두 소녀는 종종 타냐의 밝은 다락방에 모였다. 타냐는 연꽃 포즈로 앉아서는 예의 불안한 플루트 연주를 했다. 야샤는 그녀의 발치 끝에 몸을 동그랗게 웅크리고는 조금 쉰 목소리로 속삭이듯 오스트롭스키의 절판되어가는 희곡을 읽었다. 그녀는 연극학교를 준비하고 있었다.

소냐는 야샤가 책 읽기를 좋아한다는 사실이 너무나도 좋았다. 게다가 야샤의 영향으로 타냐도 고급문화에 관심을 기울이기 시작한 것처럼 보였다. 하지만 그것은 소냐의 잘못된 생각이었다.

타냐가 이야기를 하면 야샤는 기꺼이 들어주는 역할을 했을 뿐이었다. 야샤는 특별한 관심이나 내적 공감 없이 타냐의 연애 모험담을 들어주곤 했다. 타냐가 열의를 가지고 이야기하는 모든 것들이 야샤로서는 전부 낯선 것들이었다. 타냐는 야샤의 이러한 무관심이 야샤가 겪었던 엄청난 것들에 비해 형편없는 경험이기 때문이라고 오해했다. 타냐는 야샤가 자신의 무심한 몸속으로 '그들의 어떤 끔찍한 물건들'이 들어오는 상황에 대해 이미 열두 살 때부터 초연하다는 사실은 결코 알지 못했다.

* * *

로베르트 빅토로비치에게 야샤가 집에 머무는 것은 견디기 힘든 고통이었다. 그는 새해 첫날 새벽녘의 구석방에서 일어났던 그 에피소드를 마치 환영처럼, 마치 다른 사람의 꿈을 훔쳐보기라도 한 것처럼 기억하고 있었다. 그는 정면이 아닌 옆으로만 조용하고 하얀 그녀를 훔쳐보면서 젊은 욕망의 불꽃에 휩싸였다. 그는 야샤가 있는 쪽으로는 어떠한 움직임도 하지 않았다. 하지만 그것은 어떤 사소한 도덕규범들이 그를 괴롭혔기 때문이 아니었다. 욕망은 그의 것이었지만 여자는 그의 것이 아니었고, 게다가 소냐의 노력으로 자신의 친딸 타냐 옆에 금기스러운 자리가 정해져버린 야샤가 그의 것이 되기란 불가능했다.

로베르트 빅토로비치는 창문 너머로 백설 빛과 습기를 머금은 눈이 미묘하게 변하는 모양을 몇 시간씩 바라보거나, 하얀빛이 어른거리는 도자기 단지의 허리나 책상에 놓인 큰 화지의 종잇조각들, 겨우 알아볼 정도인 고대 알파벳이 새겨진 흐릿한 하얀색의 오래된 부조 석고 주형을 뚫어지게 쳐다보았다.

그런 상황이 시작되고 만 두 달이 다 되어갈 무렵, 그는 다시 작품 활동을 시작했다. 유형생활에서 지루하고 천박한 그림들을 마음 내키는 대로 베끼기 시작한 지 이십 년 만이었다.

이제 그림들은 한결같이 하얀 정물화들이었다. 여기에는 흰색의 본성에 대해, 회화적 요소들을 좌우하는 형식과 소재의 특유한 성질에 대해, 로베르트 빅토로비치가 지금껏 노력을 기울인 여러 겹 생각들이 그려져 있었다. 도자기로 된 설탕 단지나 하얀 바둑판무늬 수건, 유리

병 속의 우유, 그리고 이상적이고 비밀스러운 것을 추구하는 로베르트 빅토로비치에게는 고통스러운 길로 제시되었지만, 일상의 눈길로는 그저 희게만 보이는 모든 것들이 그의 생각을 구성하는 어절과 단어들이었다.

겨울도 이제 물러나려 준비하고, 페트롭스키공원 설경의 아름다움도 시들어 움츠러드는 어느 날 이른아침, 둘은 현관에서 마주쳤다. 로베르트 빅토로비치는 두 개의 캔버스 틀과 두루마리 화지를 들고, 야샤는 두 개의 야간학교 교과서가 톡 튀어나온 빨간 천 가방을 들고나오던 길이었다.

"잠깐 잡고 있어줄래?" 야샤에게 두루마리 화지를 건네주며 그는 어디선가 이미 한 번 느꼈던 비슷한 감정을 뿌옇게 감지했다.

야샤는 그가 캔버스 틀들을 편하게 고쳐 잡는 동안 얼른 자기 쪽으로 두루마리 화지를 당겼다.

"옮기는 거 도와드릴게요." 눈을 내리깐 채로 소녀가 제안했다.

그는 잠자코 있었다. 그녀는 머리를 들었다. 로베르트 빅토로비치는 한 지붕 아래 같이 살기 시작한 이래 처음으로 자신의 강한 눈동자로 야샤의 동요 없는 눈의 한가운데를 바라볼 수 있었다. 그가 고개를 끄덕이자 그녀도 따라서 하얀 털 머릿수건을 덮은 머리를 떨구더니, 작은 고무장화를 신고 마술같이 그의 발자국을 밟으며 뒤를 따랐다.

그리 길지 않은 길을 걷는 동안 그는 돌아보지 않았다. 그들은 고층건물의 현관까지 한 사람이 앞서고 다른 한 사람은 뒤따르며 걸어갔다. 그곳의 긴 복도에는 문과 문 사이에 사람들이 비싼 값을 주고 사들이는 사회주의 예술작품들이 열심히, 그리고 솜씨 있게 창조되어 걸려 있었다. 우울한 복도를 따라 머리가 벗어진 '사상의 거인'* 여러 이본들이 즐비했다.

로베르트 빅토로비치는 등을 기념 조각상의 대리석 옆부분에 대고 발로 불편하게 문을 지탱하며 야샤를 먼저 통과시켰다. 문이 쾅 하고 닫히는 순간, 그의 심장은 강하게 뛰기 시작했다. 이 박동은 가슴에서가 아니라 뱃속 깊숙한 곳으로부터 울려퍼지는 것이었다. 심장박동은 수평선에서 올라오는 태양처럼 그의 안에서 떠올랐고, 바다의 웅웅거림이 그의 머리와 관자놀이를 채우더니 급기야 손가락 끝도 웅웅거리기 시작했다. 로베르트 빅토로비치는 캔버스 틀을 내려 세워놓고 야샤의 손에서 두루마리 화지를 받아들었다. 그는 언젠가의 비슷한 장면을 떠올렸다.

그는 야샤의 축축해진 털 머릿수건에 손을 올리고 미소를 지었다. 그녀는 벌써 자신이 만든 외투의 커다란 단추들을 재빠른 손놀림으로 풀어내기 시작했다. 코트는 낡은 솜의 모직 천을 이용해 소네치카와 며칠 밤에 걸쳐 함께 바느질해 만든 것이었다. 큰 단추는 그해의 유행이었다. 야샤의 스커트와 블라우스에도 갈색과 하얀색 단추가 무리 지어 박혀 있었다. 그녀는 외투를 벗어놓고 나서 진지하게 생각에 잠기더니 블라우스의 단추들을 하나하나 감침질한 단춧구멍에서 세심하게 풀기 시작했다.

알람 벨처럼 강력하게 울리기 시작해 모세혈관의 모든 골목을 가득 채운 심장박동은 한순간 갑자기 멈춰버렸다. 그리고 눈부신 고요함 속

---

* '사상의 거인'이라는 표현은 일프와 페트로프의 풍자적인 소설 『열두 개의 의자』(1927)에서 널리 회자되기 시작했다.

에서 야샤는 고장난 의자에 앉았다. 탄탄한 조그만 다리를 접어 앉은 그녀는 고무줄로 올려 묶었던 머리를 풀었다. 그리고 로베르트 빅토로비치가 기둥처럼 굳어버린 상태에서 나와, 그녀 자신이 아까워하지 않았던 그 작은 것을 직접 취하기를 기다리기 시작했다.

그날부터 야샤는 거의 매일 공방으로 갔다. 그들의 사랑은 뜨거웠고 이상하리만치 조용했다. 그녀는 공방에 도착해 예의 안락의자에 머리를 늘어뜨리고 앉아 있었다. 그러면 로베르트 빅토로비치는 찻주전자를 올려 진한 차를 준비하고 하얀 에나멜 찻잔에 설탕 다섯 조각을 넣었다. 고아원에서 마음껏 먹을 수 없었던 기억으로 인해 야샤가 계속 단것을 찾았기 때문이었다. 그래서 그는 그녀 앞에 하얀 도자기로 만든 설탕 단지도 가져다 놓았다. 야샤는 설탕을 탄 차를 마시면서도 계속해서 각설탕을 씹는 습관이 있었다.

야샤가 다디단 설탕차를 천천히 마시는 동안 그는 그 모습을 오래오래 쳐다보며 항상 그녀의 새하얀 모습에 대한 생각에 잠겼다. 소녀의 새하얀 모습은 텅 빈 벽의 거뭇한 하얀색을 배경으로 무지개보다 더욱 밝게 빛났다. 분홍빛을 띠면서도 새하얀 야샤의 팔에 놓인 부엌 찻잔의 에나멜 광택, 수정 같은 절단면을 가진 커다란 각설탕 조각, 창문 너머의 희끄무레한 하늘, 이 모든 것들은 반음계였고 하얀색, 따뜻함, 살아 있는 것의 기적이라고 할 그녀의 달걀같이 하얀 작은 얼굴로 지혜롭게 향하고 있었다. 이 얼굴이 주된 음이었고, 여기로부터 모든 것이 생성되고, 자라고, 연주되고, 죽어 있는 하얀색과 살아 있는 하얀색에 대한 비밀이 노래되고 있었다.

그는 그녀를 찬미했다. 야샤는 이것을 느끼고, 그의 눈길에 한껏 고양되어, 여자의 작은 자부심에 취해 누구와도 공유할 수 없는 자신만의 권력을 즐겼다. 그녀가 곧 수치심 없는 어린이의 말투로 "한번 하고 싶어요?"라고 말하면, 그는 고개를 끄덕이면서 그녀를 오래된 양탄자가 깔려 있는 긴 소파로 데려갈 것이다. 만약 그렇게 말하지 않는다면, 오랫동안 눈을 둥그렇게 뜨고 그녀를 바라만 볼 것이다. 불쌍한 사람, 바보, 기이하고, 정말 특별한 사람. 그는 그녀를 미친듯이 사랑한다.

'미친듯이.' 그녀가 속으로 반복했다. 그리고 자랑스러운 미소가 야샤의 입술에 살짝 스친다. 그러면 로베르트 빅토로비치는 그녀의 약간은 바보스러운 승리감을 느낀다. 하지만 그는 그녀가 못 이겨 말을 꺼낼 때까지 그저 그녀를 보고 또 볼 뿐이었다.

"이제 그만…… 저 가볼게요……"

로베르트 빅토로비치는 그녀에게 한 번도 질문 같은 것은 하지 않았다. 야샤 또한 자신에 관해 어떤 이야기도 하지 않았다. 그런 것은 필요하지 않았다. 그녀가 끊임없이 그의 곁에 있고 싶어하는 것처럼 그녀에 대한 그의 끌림도 끝이 없는 것이었다. 이런 끌림은 말로 설명할 필요가 없었다. 그가 옆에 있을 때, 야샤는 자신이 생각해둔 성공, 부자가 되고 아름다워지고 자유로워지려는 그 목표들을 이미 다 이룬 것처럼 느꼈다. 연극학교는 이제 필요하지 않았다.

4월 중순쯤 로베르트 빅토로비치는 그녀의 초상화를 그리기 시작했다. 하얀 꽃들과 찻주전자와 야샤를 그린 그림이 처음이었고 다른 그림들이 뒤를 이었다. 방 전체가 하얀 얼굴들로 가득차기 시작했다. 하나의 얼굴이 다른 얼굴의 그림자 속으로 사라졌다가 다시 나타났고, 켜켜이 놓인 초상화의 얼굴들이 착시를 일으키도록 고안된 방법으로 흥미로운 효과를 내며 서로 연결되어 있었다.

로베르트 빅토로비치는 그림을 빨리 그렸다. 비록 야샤가 옆에 있었고 그 사실은 중요했지만 화가가 모델을 놓고 그리는 그런 방식은 아니었다. 그는 마치 자기 안에 그녀를 빨아들인 다음에 그저 은닉해놓은 자기 내면의 비밀스러운 곳을 들여다보면서 그림을 그리는 것 같았다. 로베르트 빅토로비치는 해가 떠 있는 동안은 계속 그림을 그렸다. 더 많은 시간을 공방에서 보냈다. 예전에는 공방에 아침 일찍부터 나와 있는 것을 좋아하는 정도였지만 이제는 아예 이곳에서 잠까지 자게 되었다.

가정에 흥미를 잃어갈 무렵 로베르트 빅토로비치의 삶은 점차 공방으로 옮겨가게 되었다. 공방은 이 말없는 애인을 부드럽게, 그리고 뚜쟁이처럼 받아들였다. 집에는 먹구름이 끼었다. 그들의 작은 마을은 전체가 철거 위기에 처해 있었다. 신빙성은 없었지만, 몇 년간 줄기차게 떠돌던 세간의 소문이 어느 날 갑자기 뭉그러진 도장이 찍힌 끔찍한 서류로 구체화되어 돌아왔다. 주택 철거와 주민 이주에 관한 명령 서류는 반드시 개인에게 직접 전달되어야 했지만, 우체국을 통해 배달되었다. 평소와 같은 아침 배달 이후 한낮이 되어서야 소냐는 편지함에서 이 불길한 소식을 담은 서류를 발견했다.

소냐는 서류를 손에 꼭 쥐고 한 번도 가본 적 없는 남편의 공방으로 달려갔다. 남편이 말을 꺼낸 적은 없지만 공방 출입은 어쩐지 그녀에게 금지되어 있었다. 로베르트 빅토로비치는 혼자 일을 하고 있었다. 소냐는 앞에 있는 다 부서져가는 의자에 앉았다. 남편은 말없이 반대편에 앉았다. 소냐는 하얗게 빛나는 하얀 눈을 가진 여자의 그림들을 오랫동안 쳐다보았다. 그리고 누가 진짜 눈의 여왕인지 깨닫게 되었다. 로베르트 빅토로비치도 아내가 사실을 알게 되었다는 것을 알았다. 그들은 서로에게 아무 말도 하지 않았다.

소냐는 아무 말 없이 한동안 앉아 있다가 책상에 그 슬픈 소식이 담긴 서류를 놓고는 공방을 나왔다. 공방 현관에서 그녀는 놀라서 문득 멈춰 섰다. 한순간 소냐는 주위에 눈이 쌓여 있다고 느꼈다. 그러나 길에는 5월의 형형색색의 녹음이 소용돌이치며 푸르게 물결치고 있었다. 전차의 긴 진동소리도 녹색으로 물들어 있었다.

그토록 사랑하는 집, 이유도 모른 채 통나무 더미로 허물어야만 하는 철거를 앞둔 집으로 돌아오는 길에 긴 주름이 가득한 볼을 타고 눈물이 흘러내렸다. 그녀는 순식간에 말라버린 입술로 속삭이듯 말했다.

"벌써 오래오래 전에 벌어질 일이었어…… 나도 늘 알고 있었잖아, 이것이 있을 수 없는 것이라는 걸…… 있을 수 없는 것이었단 걸……"

집으로 돌아오는 십 분 동안 소네치카는 행복했던 십칠 년간의 결혼생활이 모두 끝났다는 것, 그리고 그녀에게는 아무것도 남지 않았다는 것을 깨달았다. 로베르트 빅토로비치도 그녀의 것이 아니었다. 하긴 그 사람이 언제 다른 사람에게 속했던 적이 있었던가? 아버지나 할아버지에 가까웠지. 수줍음 많은 자신의 혈통을 하나도 닮지 않은 딸 타냐도 마찬가지였다. 그녀도 소냐의 것이 아니었다. 밤이면 한숨짓고 신음소리를 내듯 삐거덕거려 마치 해가 갈수록 낯설어지는 자기 몸을 느끼는 늙은이 같았던 그녀의 집도 이제는 소냐의 것이 아니었다. '그 사람 옆에 그렇게 젊고 예쁘고, 부드럽고, 날씬한 아가씨가 생겼다는 건 정말 공평한 일이야. 예외적이고 비범한 그이에게 걸맞게 말이야.

늘그막에 그이에게 이런 기적이 일어난 것은 잘된 일이야. 이제 그이가 자기한테 가장 중요한 일, 예술로 되돌아가게 되었잖아.' 소냐는 생각했다. 귓전에 울리는 투명한 종소리와 함께 그녀는 완전히 텅 비어 몸이 붕 뜬 듯한 상태로 집에 돌아왔다. 그녀는 책장으로 다가와 선반에서 아무 책이나 잡히는 대로 골라 중간쯤을 펼치고 누웠다. 「귀족 아가씨—농사꾼 처녀」*였다. 마침 리자는 귀까지 새하얗게 분칠을 하고, 눈화장은 미스 잭슨보다 더 새까맣게 하고는 점심을 먹으러 갔다. 알렉세이 베레스토프는 넋이 나간 듯 생각에 잠겨 있는 역할을 하고 있었다. 그러자 이 페이지들 속에 있는 단어의 완벽함과 구현되어 있는 고상함으로부터 오는 조용한 행복이 소냐를 비추었다.

* * *

짐을 싸는 데는 많은 날이 걸렸다. 소네치카는 담배 담는 종이 상자에 냄비들과 옷가지들을 넣고 끈을 묶었다. 그녀는 이상한 승리감에 차 있었다. 마치 여태껏 살아온 자신의 삶을 땅에 묻는 것 같은 느낌이었다. 포장된 상자 하나하나에는 그녀의 즐거웠던 순간, 날, 밤, 해들이 꾸려졌다. 소냐는 이 종이 관들을 부드럽게 쓰다듬었다.

옷도 제대로 차려입지 않은 타냐는 예전에 놓여 있던 자리를 벗어나 마치 저절로 움직인 듯 집안 여기저기에 놓여 있는 가구들에 몸을 부

---

* 푸시킨의 소설 『벨킨 이야기』(1830)를 구성하고 있는 단편 중 하나. 서로 앙숙인 집안의 자식들, 즉 베레스토프의 아들 알렉세이와 시골 처녀로 변장한 무롬스키의 딸 리자의 사랑 이야기다.

딪히며 무심하게 걸어다녔다. 찬장의 문들이 갑작스레 저절로 열렸고 의자가 다리를 걸었다.

타냐는 엄마를 전혀 돕지 않았다. 자신의 감각에만 충실했던 그녀는 집에서 일어나는 일에 매우 커다란 혐오스러움을 느끼며 그 속에 완전히 잠겼다.

타냐가 짐 싸는 것을 내켜하지 않는 또하나의 사정이 있었다. 내성적인 성격에다 그 무렵까지도 아직 말주변이 모자랐던 타냐는 야샤 앞에서 자신의 구겨진 영혼의 엉클어진 것들을 모두 꺼내놓았던 것이다. 영리하게 침묵하고 있는 야샤가 타냐의 입장에서는 둘도 없는 일종의 대화 상대였던 셈이다. 이 대화 상대는 상냥한 중립적 태도로 타냐의 자질구레한 걱정들을 다 들어주었다. 이 중립적 태도는 타냐에게 매우 생산적이었는데, 대개 대화라기보다 오히려 타냐의 독백에 가까웠던 이 대화들 속에서 그녀는 스스로의 생각을 형성하고 순간적으로 형상을 포착하는 방법을 배웠고, 그로부터 큰 만족감을 얻었다.

타냐의 다른 친구들, 세상의 모든 것을 전복시키는 익살꾼 알료샤와 모두를 놀라게 하는 천재적인 기억력과 대양 같은 재능, 세상의 모든 것에 관한 정보를 깔끔하게 정리해 갖고 있는 볼로쟈는 타냐를 매혹적인 그들의 세계에 억지로 끌어들이기 위해 부단히 노력했다. 오직 야샤만이 타냐가 스스로 생각하도록, 큰 소리로 무언가에 대해 논리적으로 추론해보도록, 세세한 것들을 직접 만져보고 선택할 수 있도록 내버려두었다. 인간은 이 세세한 것들로 세계에 대한 그림, 이후의 삶의 모든 무늬를 발전시키는 그 첫 그림을 그려보게 된다. 바로 이러한 점에서 타냐는 야샤에게서 말할 수 없이 가까운 친밀감은 물론 막연한 감사함 같은 것을 느꼈다.

타냐는 가끔씩 습관적인 자기몰입에서 벗어나는 순간, 야샤에게 일종의 별개의 삶이 있다는 것을 눈치챘다. 그러나 학교에도 가지 않고 집에 있지도 않는 낮시간 동안의 야샤의 이 비밀스러운 공간에 침투해 보고자 하는 그녀의 온갖 노력은 야샤의 부드러우면서도 모호한 침묵, 혹은 둘러대는 말 때문에 헛수고로 끝났다. 첫번째로 의심이 가는 가설은 아무래도 비밀연애였다. 타냐는 강한 의문에 부딪혔다. 대체 누구지?

이 궁금증은 아주 우연한 기회에 풀렸다. 타냐는 지하철역 근처에서 야샤와 아버지를 마주쳤다. 그녀는 이 불가능한 장면을 몰래 목격했다. 그들은 웃으며 아이스크림을 먹고 있었다. 아이스크림은 굵은 방울로 흘러내렸다. 로베르트 빅토로비치가 야샤의 볼에서 끈적이는 하얀 얼룩을 손가락으로 닦아주는 모습을 보고, 접촉에 관해서는 둘째가라면 서러운 전문가 타냐마저 한 번도 경험해본 적 없는 낯선 감정, 질투로 몸에 전율이 느껴졌다.

여자로서의 엄마에 대한 관심도 아니고 도덕관념 때문도 아니었다. 타냐에게 그런 것은 아무 상관도 없었다. 그녀를 화나게 만든 것은 그들이 타냐로서는 어떤 관심도 없던 둘의 관계를 비겁하게 숨기고 있었다는 사실이었다.

타냐는 야샤에게 일을 들추며 따졌다. 끝내는 이렇게든 저렇게든 발각될 것에 대비해 이미 오래전부터 마음속으로 준비하고 있었던 야샤는 즉시 자신의 물건들을 정리해서 장식이 새겨진 현관 난간을 통해 집을 나가버렸다. 타냐는 슬픔에 빠졌고, 이해할 수 없었다. 그녀는 자신과 야샤의 관계가 그 어떤 연애보다 중요하다고 생각했던 것이다.

이즈음 로베르트 빅토로비치는 언젠가 직접 만들었던 서가 선반을 해체하고 있었기 때문에 야샤가 집을 나갔다는 것을 금세 눈치채지 못했다.

끝내 싸놓은 짐을 내가는 날이 되었다. 반짝이는 여름날의 햇빛 아래에서 오래된 낡은 가구들, 프레오브라젠스키 시장에서 탐을 내며 샀던 편안하고 친숙한 가구들이 너무나 볼품없어 보였다. 덮개 덮인 큰 트럭에 실린 모든 물건들이 갑갑한 리호보르이의 방 셋 딸린 불편한 아파트로 옮겨졌다. 모든 것이 창피할 정도로 궁색한 곳이었다. 얇은 벽, 소냐가 몸을 돌리기에도 비좁은 작은 부엌, 미완성의 욕조.

가브릴린의 도움으로 로베르트 빅토로비치는 가구를 배치했다. 모든 물건들이 할당된 자리가 싫어 완고히 반항했다. 고집스레 모서리를 비죽대는 가구들에게는 항상 몇 센티미터씩의 공간이 모자랐다. 로베르트 빅토로비치는 작은 외문 옷장을 벽에 맞춰 넣기 위해 바닥과 벽 사이의 이음 콘크리트를 깨야 했다. 타냐는 볼록한 덮개가 덮인 철갑 트렁크 위에서 거의 울 지경이었다. 트렁크는 좁은 새집에 들어갈 수 없는 위기에 처해 있었다.

소냐는 복도 끝 방에 타냐의 긴 소파와 야샤의 침대를 놓도록 하고는 말했다.

“여기를 소녀애들 방으로 하자.”

이사를 도와달라는 소네치카의 초대에 잠시 들렀던 야샤는 귀를 쫑긋 세웠다. 대체 무슨 일이 일어나고 있는 것인지 전혀 짐작할 수 없었다. 아니, 무슨 일이 일어나고 있는지는 벌써 그녀에게 중요하지 않았다. 그녀가 그토록 소중하게 여겼던 것은 이 집이 아니라 전혀 다른 곳이었다. 게다가 야샤는 가장 중요한 어떤 것을 손에 굳게 쥐고 있다고 여겼다.

소네치카는 어딘가에서 큰 갈색 가방을 가지고 와서 생각하는 대로 음식이 차려지는 동화 속의 식탁보처럼 냅킨, 차가운 커틀릿, 보온병에 들어 있는 얼음 같은 야채수프를 마술처럼 꺼내 차렸다.

소네치카는 전과 마찬가지로 야샤의 접시에 맛있는 부분을 넉넉히 잘라 담아주었다. 야샤는 고마움에 미소 지었다. 야샤에게 소네치카는 놀라운 사람이었다. '아마도 알고 보면 아주 지능적인 사람일 수 있어'라고 좀 영악한 생각도 해보았지만, 마음속으로는 이 생각이 틀렸다는 걸 잘 알고 있었다.

점심 중간에 갑자기 타냐가 팔꿈치를 탁 들어올리더니 머리카락과 가슴을 떨면서 흐느끼다가 곧 히스테리컬하게 웃기 시작했다. 그러다 돌연 발작이 멈추자, 눈물과 진정하라고 그녀에게 뿌렸던 물이 채 마르지도 않은 얼굴로 지금 당장 페테르부르크로 떠나겠다고 말했다.

야샤가 소녀애들 방이라는 이름과 달리 결코 그 어떤 소녀의 안식처도 될 수 없는 방으로 타냐를 데려갔다. 그들은 야샤의 침대로 올라갔다. 야샤는 머리끈을 풀어 정수리의 풍성한 머리채를 내려뜨렸다. 그렇게 그들은 서로서로의 머릿결을 매만져주며 완전히 화해할 수 있었다.

그러나 타냐가 결정을 바꾼 것은 아니었다. 바로 그날 저녁 그녀는 달콤한 약초를 태웠던 그 음유시인에게로 날아갔다.

로베르트 빅토로비치는 가브릴린과 야샤와 함께 마슬롭카로 떠났다. 집안사람들을 모두 떠나보낸 리호보르이의 첫날 저녁, 소네치카는 홀로 남겨졌다. 그녀는 슬픔에 잠겨 솔기가 다 풀어져 못 쓰게 된 옷처럼 허물어진 자신의 인생과 갑자기 찾아온 고독에 대해 생각했다. 중간 통로 방의 정리되지 않은 소파에 누운 그녀는 풀려 있던 짐에서 우연히 실러를 집어들고는 아침이 될 때까지 읽었다. 대체 그 누가 이런 책을 읽고 잠들지 않을 수 있겠는가! 하지만 그녀는 잠들지 않고 『발렌슈타인』*을 읽었다. 소네치카는 어린 시절 몸을 맡겼던 문학이라는 마약에 또 한번 순순히 자진해서 자신을 맡겼다.

* * *

소네치카의 제안에도 불구하고 로베르트 빅토로비치는 그녀를 혼자 남겨둘 생각이 전혀 없었다. 그는 토요일에는 어김없이 그리고 주중에는 한두 번 얌전한 야샤를 데리고 리호보르이에 들렀다. 명주옷을 입은 야샤가 사각거리며 소녀애들 방에서 타냐와 자신의 옷가지와 종이들을 챙기는 동안, 로베르트 빅토로비치는 좁은 창틀을 더 넓은 창틀로 교체해 달고 선반을 고정시키거나, 낡은 책장을 쪼개 둘로 만들거나, 타냐의 초상화들을 걸었다.

그들은 소냐가 사용하게 된 가운뎃방에서 저녁식사를 하며, 벌써 한 달이나 페테르부르크에서 지내며 음산한 리호보르이의 집으로 돌아올 날을 계속해서 미루고 있는 타냐에 대해 잠시 이야기했다.

---

* 1800년에 발표된 실러의 희곡. 삼십년전쟁의 명장 발렌슈타인의 몰락 과정을 담았다.

늦지 않은 시간에 다들 자러 각자의 방으로 흩어졌다. 야샤는 소녀 애들 방에서, 로베르트 빅토로비치는 현관 옆에 그를 위해 준비된 방에서 잤다. 소네치카는 소파에 불편하게 누워 뒤척이며 여기, 저 오른팔 쪽 얇은 벽 뒤에 로베르트가 있다는 사실과 왼팔 쪽에 가냘프고 예쁜 야센카*가 자신과 함께 있다는 사실에 행복해하며 잠이 들었다. 타네치카가 없다는 사실만이 안타까웠다.

다음날 아침이 되어 소네치카는 조그만 단지들에다가 어제의 샐러드와 커틀릿, 메밀죽 등을 담아 뚜껑을 덮고 꼭 묶어서 갈색 가방에 넣어 야샤에게 주었다.

"고마워요, 소냐 이모." 야샤가 눈을 들지 않은 채 고마움을 전했다.

알렉산드르 이바노비치의 생일이 되었을 때, 로베르트 빅토로비치는 소냐에게 생일에 같이 가야 하니 공방에 들르라고 말했다. 이것이 그들의 첫 가족 나들이였다. 알렉산드르 이바노비치는 동정이며 모태 수도사라 한 번도 여자들과의 관계에 섞인 일이 없었다. 오히려 이것이 호감을 갖고 있는 주위 사람들로 하여금 그에게서 다른 큰 죄악을 찾고 싶어하도록 했는데, 오직 그만이 모든 모임 중에서 소네치카의 3인조를 아무렇지 않게 맞아주는 유일한 사람이었다.

초대받은 다른 사람들, 특히 예술가 기질을 지닌 부인들은 반죽 통 속의 밀가루 반죽처럼 냉정을 잃고 구석에 서서 음탕할 정도로 이 삼각관계에 대해 논했다. 약간 제정신이 아닌 빨간 머리 막달리나는 소네치카 때문에 마음이 너무 괴로워 편두통을 호소할 정도였다. 하지만

---

* '야샤'의 애칭.

이 모든 것이 괜한 짓이었다. 소냐는 로베르트가 자기를 이곳에 데려와주었다는 것을 기뻐했고, 그녀가 생각했던 바와 같이 그가 늙고 못생긴 그녀에게 충실한 남편 역할을 해주고 있다는 것이 자랑스러웠다. 또한 아름다운 야샤도 그녀를 기쁘게 했다.

알렉산드르 이바노비치의 부탁에 따라 소냐는 잠시 안주인 역할을 하며, 손님들에게 사 온 음식들을 나누어주었다. 야샤가 만성적으로 위장이 약해 고통스러워하는 것을 떠올리고는 다가가 귓속말로 속삭였다.

"얘야, 이 양배추에 싼 고기 요리는 좀 그런 것 같아. 더 조심해서 먹어……"

몇몇 부인들은 소냐가 괜한 연극을 한다며 비난하려 했다. 득이 될 것이 없어 보이는 이런 조합 속에서, 소냐가 지나치게 괜찮아 보인다는 게 이미 그들에게는 못마땅한 일이었다. 다른 이들은 소냐를 동정하고 로베르트 빅토로비치를 비난하고 싶어했다. 하지만 전혀 그럴 수가 없었다. 가족처럼 삼각형을 이루며 식탁에 앉아 있는 세 사람의 모습에 그들은 어떤 말도 할 수 없었다. 로베르트 빅토로비치가 가운데, 오른쪽에는 그보다 머리 반 개는 더 큰 소네치카, 왼쪽에는 손가락에 작고 뾰족한 다이아몬드를 낀 야센카가 하얗게 빛나고 있었다.

로베르트 빅토로비치는 한 번도 보석상에서 자기 여자를 위한 다이아몬드를 사게 될 것이라고 생각해본 적이 없었다. 하지만 야샤가 손가락에 돌멩이를 끼고 싶어하고 차가운 어깨에는 털을 두르고 싶어하는 작고 기댈 곳 없는 종족 가운데 하나라는 것을 공정하게 인정해야만 했다.

로베르트 빅토로비치는 아웃사이더들, 즉 자신의 친구들이 소냐와 야샤 둘 중 한 사람을 선택하게 하거나 그들에 대해 동정이나 비난, 분노를 내비치도록 허락하지 않았다.

저녁 파티는 예전처럼 순서대로 흘러갔다. 거나하게 술에 취한 가브릴린은 〈빈사의 백조〉*와 레닌을 흉내냈다. 그리고 사람들은 앙코르로 그의 연기 중 가장 유명한 벼룩 찾는 개 흉내를 부탁했다. 제스처를 보고 알아맞히는 게임도 이어졌다. 이 게임에서 세 명의 뚱뚱한 부인이 아마포의 커튼을 뒤집어쓰고 다리가 여섯인 암소로 유럽을 서성이다 못해 기어다니는 유령을 재현해냈다.**

파티의 이 지점에서 사람들은 모두 영특하던 타냐를 기억하고 어디 갔냐며 찾았다. 타냐는 제스처 놀이에서 항상 기지를 발휘하곤 했었다. 부인들 중 가장 기민한 이들이 눈길을 교환했다. 불쌍한 타냐는 어쩐담!

이즈음 그 불쌍한 타냐는 바실리예프섬에 있는 예쁜 보금자리에서 친구 알료시카***와 살고 있었다. 페테르부르크에는 백야가 찾아왔고 그녀는 무섭기는커녕 호기심에 가득차 있었다. 매 순간 타냐는 무엇이든 심각하게 놀아볼 용의가 있었다. 그들은 정말로 헤어지기 싫었고, 네

---

* 단막의 솔로 발레 작품으로 생상스 작곡 〈동물의 사육제〉 중 〈백조〉에 미하일 포킨이 안무한 것이다. 1905년 박스트의 의상으로 상트페테르부르크의 마린스키극장에서 초연되었다. 안나 파블로바를 위하여 제작되었고 그녀에 의해 세계적으로 유명해진 소품으로 파블로바의 이미지를 영원하게 한 춤이지만, 소비에트 시기에 이 작품이 더욱 유명해진 계기는 발레리나 마이야 플리세츠카야의 뛰어난 연기 덕분이었다.

** 마르크스와 엥겔스의 1848년 『공산당선언』의 한 구절에 나오는 '공산주의 유령이 유럽을 어슬렁거리며 다니고 있다'를 재현하고 있음을 가리킨다.

*** '알료샤'의 애칭.

개의 눈동자는 늘 같은 방향을 바라보았다. 알료샤는 그녀의 존재가 예측 불가능한 자신의 삶을 전혀 방해하지 않는다는 것과, 오히려 그로 하여금 그 시대의 일반적인 소비에트적 존재 양식을 무시조로 부르는 말인 '소부하'에서 벗어날 수 있는 또다른 가능성을 타냐가 보여주고 있다는 점을 놀라워했다.

알렉산드르 이바노비치 집에서의 생일 파티 이후 며칠이 지나고 나서 소냐는 딸을 만나기 위해 레닌그라드*로 갔다. 집 근처 정원에서 반나절을 기다리고 나서야 타냐와 알료샤와 함께 테이블에 앉아 사십 분가량 이야기를 할 수 있었다. 테이블 위에는 책과 음반들, 먹다 남은 음식, 빈병이 산더미처럼 쌓여 있었다. 소냐는 차를 마신 후, 저녁 기차로 집에 돌아왔다. 이모한테 좀더 자주 전화하라고 당부하며 돈도 좀 남겨두고 왔다.

소냐는 기차에서도 잠들지 못하고 줄곧 딸과 남편에게 펼쳐지고 있는 멋진 삶에 대해, 자기 주위에서 피어나는 젊음의 만개에 대해 생각했다. 다 지나가버린 자신의 삶이 안타까웠다. 지나간 날들에 참 행복했었지 하는 생각도 스쳐지나갔다. 소네치카는 흔들거리는 기차에 몸을 맡긴 채 앞으로 이십 년 후에 찾아올 틱 장애를 예고라도 하듯 늙은이처럼 고개를 까닥거렸다.

* 상트페테르부르크의 옛 이름. 1924년 레닌이 죽자 그를 기념하여 레닌그라드라고 불렀다가 1991년 소련 해체 후 상트페테르부르크로 다시 변경했다.

* * *

다시 겨울이 되었다. 소녀애들이 학교를 마쳤어야 했을 시기였다. 하지만 두 소녀는 학교를 그만둔 지 이미 오래였다. 겨우내 타냐는 익숙한 노선을 왕복했다. 그녀는 늘 알료샤와 싸우고 집으로 돌아왔다. 하지만 이내 리호보르이의 우울함 때문에 곧 사랑하는 페테르부르크로 재빨리 돌아가곤 했다.

로베르트 빅토로비치는 겨우내 작업을 했다. 그는 심하게 체력을 소모하여 여위었다. 하지만 그렇게 말랐음에도 그의 얼굴만은 만면에 빛이 났고, 모든 사람들에게 더 상냥하게 대하기 시작했다. 작은 동거인은 그의 옆에 얌전히 붙어 있었다. 때로는 사탕 봉지를 부스럭거리거나, 때로는 반짝이는 바늘과 형형색색 천으로 한 가지 패턴의 옷을 지으며 싸구려 실크를 사각거렸다. 또 어떤 때는 폴란드 잡지를 뒤적였다.

이때에는 폴란드에 대한 관심이 엄청나게 높아져 있었다. 서구의 자유분방한 기운이 폴란드로부터 동유럽 상공을 날면서 다소 무거워진 채로 서서히 유입되고 있었다.

야샤는 이즈음 자신의 폴란드 뿌리를 숨기는 일을 단념했다. 알고 보니 그녀는 엄마와 이야기를 나누었던 유년 시절의 언어를 매우 잘 기억하고 있었다. 로베르트 빅토로비치는 흔히 유럽어라 일컬어지는 언어들 말고 폴란드어도 알고 있었다. 바람이 새는 매력적인 소리가 많은 이 상냥한 언어로 그들은 이야기를 나누었다. 그는 언젠가 소냐에게 그랬던 것처럼 야샤에게 역사 이야기나 우스갯거리, 믿을 수 없거나 무서운 이야기들을 해주었다. 이 이야기들도 그 자신의 삶이었다. 하지만 소네치카에게 이미 들려준 이야기들과 달리, 일종의 언어 순결주의 때문에 흡사 괄호 속에 묶여 정화된 듯 조금은 다른 인생이었다.

야샤는 "예수 마리아!"라는 감탄사를 내뱉으며 웃고 울고 소리를 질렀다. 그녀는 뿌듯해하고 환호했다. 심지어 너무 이르고 길었던 숱한 남자들과의 만남에도 불구하고 전에는 어떤 것인지 미처 알지 못했던 몇몇 유쾌한 느낌들을 경험하는 것을 배우며 기뻐했다.

그는 야샤의 싱싱한 목과 얼굴 피부, 얇은 눈썹 아래의 하얀 솜털들을 보면서 생생한 육체의 소중함과 러시아의 유일한 천재가 했던 '그녀는 총명함에 별 가치를 두지 않는 것 같다'는 말을 떠올리며 완벽함의 형식에 대해 생각했다.*

로베르트 빅토로비치가 포로가 된 것은 그를 생산적으로 만들었다. 그는 공방에 더 놓을 곳이 없는 캔버스 틀들을 보관하기 위해 다락방을 만들어야 했다. 그는 계속되는 작업을 통해 이미 백색 시리즈를 완성해가고 있었다. 그가 보기에 큰 발견은 이루어지지 않았다. 그는 자신에게 주어진 기반을 파고 또 파고들었다. 이 과정에서도 물론 수확이 있었다. 하지만 이제 곧 밝혀질 것이라 약속된 그 비밀 자체는 가까이하면 할수록 달콤한 아픔을 남기며, 파괴적인 매력의 완전한 대리인만 남긴 채 미끄러져갔다. 이 대리인은 피곤함, 나이, 닳아가는 육신을 물리쳤다. 절제를 모르는 사랑의 행위 또한 늙은 로베르트 빅토로비치

* 톨스토이의 『전쟁과 평화』에서 피에르가 나타샤에 대해 하는 말이다.

를 지치게 하지 못했다.

4월 말, 얼음이 녹는 습하고 찬 밤, 그는 야샤의 어깨를 꽉 움켜쥐더니 떨리는 머리를 딱딱한 베개에 고꾸라뜨렸다.

얼마의 시간이 흘러서야 야샤는 그가 죽어가고 있다는 사실을 깨달았다. 그녀는 소리를 지르며 복도로 뛰쳐나왔다. 복도에는 또다른 일곱 개의 공방 문이 나 있었다. 예술가들은 여기서 작업만을 했을 뿐 밤까지 묵는 사람은 없었다. 그녀는 옆 두 공방의 문손잡이를 잡아 흔들다 소용이 없자 4층에서부터 전화기가 있는 현관 경비실로 쏜살같이 뛰어내려왔다.

헝클어진 얇은 머리채를 땋아 늘어뜨린 노파가 야샤의 나체를 보고 나지막하게 비명을 질렀다. 야샤는 그녀를 앞으로 밀치며 말했다.

"구급차, 빨리…… 구급차를……"

그녀는 떨리는 손으로 전화기를 돌렸다.

의사가 도착했을 때, 로베르트 빅토로비치는 이미 숨을 거둔 상태였다. 그는 베개에 까만 얼굴을 고꾸라뜨리고 엎드려 있었다. 야샤는 그를 뒤집어놓을 수 없었다.

사인은 분명했다.

"뇌출혈입니다." 기분 나쁘게 생긴 살찐 의사가 술과 싸구려 음식 냄새를 풍기며 내뱉듯 말했다. 그러고는 영안실 연락처를 적어주었다.

조무사들이 이제 필요 없게 된 들것을 들고 덜커덩거리며 아래층으로 내려갔다.

"영감님이 여자 위에서 돌아가셨구먼. 여자는 참 젊네." 그들 중 하나가 말했다.

"뭐가 어때? 병원에서 썩는 것보다는 훨씬 낫지." 다른 이가 대꾸했다.

* * *

리호보르이의 아파트에는 전화가 없었다. 소냐가 막 모닝커피를 마시려고 할 때 야샤가 도착했다. 소냐는 머리를 가볍게 흔들며 야샤를 두 팔로 꼭 끌어안았다. 그들은 현관 복도에 서서 오랫동안 울었다.

그런 다음 그들은 공방으로 갔다. 시신은 벌써 영안실로 옮겨진 후였다. 두 개의 부대, 의사들과 시신 운반하는 사람들이 왔다 간 공방은 끔찍할 정도로 엉망진창이었다. 그들은 재빨리 공방을 치웠다.

소냐는 다른 사람이 보기에 민망한 소파 위의 속옷들을 자기 가방에 쑤셔넣었다. 그러고는 레닌그라드의 타냐에게 전화를 걸러 갔다. 하지만 타냐와 알료샤가 어디론가 떠났다고 말하는 이웃들의 목소리를 들었을 뿐이었다. 야샤는 아이처럼 소냐의 손을 계속 잡고 있었다. 그녀는 고아였고, 소냐는 엄마였다.

경비실의 노파는 늙은 로베르트의 스캔들 같은 죽음을 이미 모사꾼들에게 자세히 소문내고 다닌 터였다. 이웃이었던 화가들이 낮부터 공방에 찾아들었다. 그들은 이런 상황에 적합하다고 생각하는 꽃이나 보드카, 돈을 들고 왔다.

이런 와중에 사람들 사이에서 여론이 형성되었는데, 로베르트는 불쌍히 여기면서 야샤에 대해서는 증오와 경멸을 숨기지 않았다. 소냐에 대한 사람들의 의견은 좀 복잡했다. 사람들은 동정 섞인 관심을 가지고 그녀가 어떻게 행동하는지를 지켜보았다.

늦은 저녁, 공방에 가까운 친구들만 남았을 때, 소네치카는 눈물 없이 조용히 흐느적거리더니 불현듯 힘주어 말했다.

"좀더 큰 공간을 구해주세요. 관과 함께 주변에 이 그림들이 모두 걸릴 수 있게요." 그러더니 손가락으로 캔버스 틀들이 들어서 있는 위쪽 다락방을 가리켰다.

바르비종파 친구는 가브릴린과 눈길을 주고받았다. 둘은 고개를 끄덕였다.

그렇게 일이 진행되었다.

예술가 재단의 도움으로 넓은 공간을 구했다. 전날 밤 그림이 걸렸다. 모두 쉰두 점이었다. 소냐는 그림 거는 일을 지휘했다. 아마도 그녀보다 더 나은 적격자는 없을 것이다. 갑자기 어디선가 떠오른 태양이 병적으로 밝은 빛을 내기 시작했다. 심지어 태양이 소냐의 일을 방해할 정도였다. 캔버스가 거울처럼 빛을 반사했다. 소냐는 관공서풍의 주름 장식 커튼을 내려달라고 부탁했다. 그림이 다 걸리고 난 후 커튼이 다시 올려졌다. 이즈음 태양도 수그러들었고 모든 것이 제자리에 놓였다. 로베르트 빅토로비치 자신조차 더 잘할 수 없을 정도로.

이튿날 열두시쯤 사람들이 모여들기 시작했다. 얼마나 많은 사람이 이 장례식에 왔는지는 헤아릴 수 없을 정도였다. 손에는 물집을, 사람들 사이에서는 명성을 얻은 명망 있는 나이든 화가들이 도착했다. 이들은 누구라고 말할 수 없는 인물의 호화롭게 꾸민 초상화를 제조해내던 사람들이었다. 적당히 새로운 조류로 그림을 그리는 중년의 화가들도 도착했다. 예술인 연합의 존경받는 회원들이 문지방에 발도 들여놓지 못하게 하는 부랑아들, 리아노조보 출신 아방가르디스트들도 도착했다.

작가의 사후에 열린 이 전시회는 어떤 평가를 기대한 것이 아니었다. 살아생전 로베르트 빅토로비치도 자신의 작품들에 대한 어떠한 평가도 원하지 않았었다.

전시회장 중앙에 관이 놓여 있었다. 고인의 얼굴은 어두웠고, 마치 정련된 듯했으며, 가슴에 놓인 손만이 그가 명명했던 '죽은 하얀색'의 일종처럼 얼음장 같은 하얀색으로 빛났다.

검은 실크옷을 입은 야샤는 덩치 크고 뚱뚱한 소네치카에게 매달려 마치 어미의 큰 날개 사이로 어미를 올려다보는 어린 펭귄처럼 소냐의 팔 아래에서 그녀를 쳐다보았다. 타냐는 그곳에 없었다. 푸른 초원을 찾기 위해 그들이 떠났다는 즐거운 중앙아시아에서도 그녀를 찾을 수가 없었다.

이 죽음에 관해 떠돌던 모든 구설수와 추문들은 이 공간에 들어서기 전 겉옷을 벗어 맡기는 곳에 남겨졌고, 이곳 전시장에서는 타인의 허물을 들추기 좋아하는 사람들마저도 말을 삼갔다. 그들은 소냐에게 다가와 어색하게 위로의 말을 전했다. 소냐는 자기 앞으로 야샤를 살짝 떠밀며 기계적으로 대답했다.

"네, 너무 슬퍼요…… 저희가 얼마나 슬픈지 모르실 거예요……"

젊은 애인과 함께 온 티믈러는 오래된 친구와 마지막 작별인사를 하기 위해 들렀다. 그는 침울한 작은 목소리로 말했다.

"멋진데…… 레아와 라헬*…… 레아가 저렇게 예쁜지 몰랐는걸."

* * *

신은 소네치카에게 리호보르이의 아파트에서 오랜 기간을 더 살도록 했다. 오랜 만큼 외로운 시간이었다.

타냐는 점차 알료사와 결혼 관계로 발전하여, 자부심이 넘치고 독립적인 사람들만이 살고 있는 이 마법 같고 까칠한 도시를 결혼 선물로 받아 결국 페테르부르크 여인이 되었다. 그녀의 재능은 시간이 많이 지난 후에 발현되었다. 스무 살을 넘긴 후 타냐는 음악이면 음악, 미술이면 미술, 그리고 그녀의 산만한 눈이 닿는 다른 모든 방면에서 뛰어난 재능을 가진 것으로 판명되었다. 별다른 힘을 들이지 않고 그녀는 프랑스어와 이탈리아어, 독일어를 습득했다. 영어만은 이유 없이 혐오감을 불러일으켰다. 알료샤와 헤어지고 난 후 두 명의 남자와 각각 짧은 결혼생활을 하고 나서, 1970년대 중반에 육 개월짜리 아들을 팔에 안고 어깨에는 가방을 짊어진 채 이스라엘로 이주하기 전까지는 계속해서 방황했다. 얼마 후 그녀는 유엔에서 좋은 자리를 얻게 되었다. 물론 그녀 아버지의 세계적인 명성 덕을 본 것도 적잖이 있었다.

몇 년 동안 야샤는 소네치카와 함께 리호보르이의 아파트에서 살았다. 소네치카는 소중한 남편 로베르트 빅토로비치의 말년에 그와 같은 화사한 장식품, 그와 같은 마음의 위로를 보내준 섭리에 대해 경건한 감사를 느끼며, 야샤를 정성스레 보살폈다.

야샤는 미약하긴 하지만 연극학교에 갈 생각을 다시 하게 되었다.

---

* 구약성서 창세기에 등장하는 인물들. 야곱의 외삼촌 라반의 두 딸로, 야곱은 라헬을 사랑했으나, 우여곡절 끝에 큰딸 레아와 작은딸 라헬을 아내로 맞이하게 된다.

소네치카와 야샤는 기꺼이 수공예 일을 했다. 그들은 타냐를 위한 특별한 융단 모양의 스웨터를 만들거나 주문을 받아 바느질을 했다. 그러나 주로는 앉아서 소냐가 만든 꿀이 들어간 과자들과 함께 블랙커피를 마음껏 마셨다. 야샤는 점차 야위어갔다. 소네치카는 야샤 모르게 많은 편지를 주고받아 폴란드에서 야샤의 두 이모와 할머니를 찾아냈다. 그들은 귀족은커녕 넉넉지 못한 집안 사람들이었다. 소냐의 도움으로 채비한 야샤는 폴란드로 떠났다. 그곳에서 곧 동화에서나 있을 법한 이야기가 펼쳐졌다. 그곳에서 야샤는 잘생기고 젊은 프랑스 부자와 결혼했다. 그녀는 지금 언젠가 로베르트 빅토로비치의 아틀리에가 있었던 집에서 아주 가까운, 파리의 뤽상부르공원 근처에서 산다. 물론 야샤는 그곳에 그의 아틀리에가 있었다는 사실을 알지 못한다.

창문이 전부 깨지고 사내아이들이 여기저기 불을 피운 흔적을 남긴 페트롭스키공원에 있는 집은 사람들이 퇴거하여 텅 빈 채 아무에게도 쓸모없이 수년을 더 거기에 서 있었다. 주인 없는 개들과 집 없는 사람들이 그곳에서 잠을 청했다. 한번은 그곳에서 누군가에게 살해당한 사람의 시체가 발견되기도 했다. 이후 집은 지붕이 무너져내렸다. 왜 그때 그렇게 서둘러 거주자들을 인적 드문 변방으로 내몰았는지 모를 일이었다.

로베르트 빅토로비치의 하얀 그림 쉰두 점은 세계로 흩어졌다. 현대미술 경매장에 새롭게 등장한 그의 모든 그림들은 수집가들을 심장마비 전 단계로 몰아넣곤 했다. 전쟁 전 파리 시절 작품들에는 전설적인 높은 가격이 매겨졌다. 이 시기 작품들은 거의 남아 있지 않아 겨우 열한 점뿐이었다.

뚱뚱하고 수염이 난 노파 소피야 이오시포브나*는 리호보르이에서 흐루쇼프 시대에 지어진 5층짜리 건물의 3층에 산다. 그녀는 자신의 딸에게 국적을 부여해준 역사상의 자기 조국으로 이주하고 싶어하지 않는다. 타냐가 지금 일하고 있는 스위스로도 이주하고 싶어하지 않는다. 심지어 로베르트 빅토로비치가 그토록 사랑했으며, 둘째 딸 야샤가 늘 그토록 부르는 파리에도 가고 싶어하지 않는다.

건강이 나빠지고 있다. 파킨슨병이 시작되려는 것 같다. 그녀의 떨리는 손에는 책이 놓여 있다.

봄이 되면 그녀는 보스트랴코보 묘지에 가서 남편의 무덤에 뿌리를 내리지 못해 매년 다시 심어야 하는 하얀 꽃을 또 심는다.

저녁이 되면 그녀는 배를 닮은 코에 가벼운 스위스제 안경을 걸치고 달콤한 심연, 어두운 가로숫길, 봄의 물속으로 곤두박질치듯 뛰어든다.**

---

* 애칭인 '소네치카'의 정식 이름.

** 러시아 최초의 노벨문학상 수상 작가인 이반 부닌과, 이반 투르게네프의 작품에 나오는 배경들이다.

# 스페이드의 여왕

나타샤에게

무르와 안나 표도로브나의 나이 차는 급격히 줄어들고 있었다. 그 이유는 알 수가 없었다. 이 세상 시계 장치의 톱니바퀴가 낡은 것인지, 삭아버린 것인지, 시간은 점점 빠르게 굴러가고 심방세동*을 겪기도 하는데, 이렇게 기울어가는 시간의 움직임을 따르는 삼십 년이 예순과 아흔 사이에 자리잡은 것이라고 한다면, 이제 거의 아무런 의미가 없었다. 안나 표도로브나는 빠르게 했던 일들을 점점 느리게 하고 있고, 그 대신에 잠을 자는 데 더 적은 시간을 할애하고 있다는 것을 알아차렸다.

그녀는 새벽 일찍—네시도 채 되지 않은 시간을 한밤중이라고 이야

* 심방의 여러 부위가 무질서하게 뛰면서 불규칙한 맥박을 형성하는 부정맥 질환.

기하지 않는다면—눈을 떴다. 불쾌한 꿈 때문이었다. 커다란 인형 정도의 크기로 줄어든 다 자란 남자가 책상 서랍에 놓여 있었는데, "엄마, 여기 있으니까 정말 안 좋아……" 하며 불평하는 것이다.

그 남자는 안나 표도로브나의 아들이었고 그녀의 심장은 슬픔으로 짓눌렸다. 그녀는 어떻게 해도 아들을 도울 수가 없었다……

사실 아들이라고는 있지도 않았고 딸이 있을 뿐이었지만, 꿈이 현실보다 더 강렬해 그녀는 공포에 눈을 떴다. 잠이 깨고 나서 잠시 동안, 자신에게 아들이 있는데 그애에 관해 완전히 잊고 있었던 것이라 느꼈다. 불을 켜자 불빛 아래 환영이 흩어져 사라졌다. 그녀는 저녁 내내 잃어버린 몇몇 서류를 찾으려고 책상 서랍마다 뒤적거려야 했던 것을 기억해냈다. 이 때문에 실없는 꿈을 꾼 것이다.

안나 표도로브나는 좀더 누워 있다가 어제 그렇게도 찾지 못했던 서류를 찾기 위해 일어나기로 마음먹었다.

이제야 곧바로 그 서류를 발견했다. 이것은 그녀가 십여 년 전에 제출했던 논문 평가서인데 이제 와서 갑작스레 필요해진 것이다.

집 전체가 잠들어 있었다. 이는 축복이었는데, 이 축복은 선물이나 장물 같은 것이었다. 예기치 못하게, 아무도 그녀에게서 무언가를 요구하지 않는 자신만의 시간이 두 시간이나 생기자, 그녀는 이제부터 무엇을 하며 시간을 보낼지 이리저리 고민했다. 저명한 철학자이자 인문학자인 오래전의 환자가 선물한 책을 읽을까, 아니면 이스라엘에 사는 절친한 친구에게 편지를 쓸까.

그녀는 참새 빛깔의 머리카락을 정리하고서는 가운 위에 낡은 카디건을 걸쳤다. 실내복은 결코 그녀에게 어울리는 법이 없어서 가운을 입은 모습이 마치 근교 다차*의 여주인처럼 보였다. 대학 시절부터 정장이 잘 어울린다는 말을 듣곤 했다. 지금은 회색이나 푸른색 옷을 입은 그녀는 어느 모로 보나 교수로 보였는데, 이는 사실에 완전히 부합했다.

안나 표도로브나는 커피를 끓이고, 자신의 저명한 환자가 쓴 문학 연구 서적을 펴고, 편지지를 준비하고, 평소에는 잘 먹지 않는 초콜릿 과자가 담긴 푸른 병을 옆에다 놓았다. 그녀는 만족감에 커피 향을 들이마셨으나 한 모금도 마시지 못했다. 부엌으로 보행기의 바퀴를 삐걱거리며 막대자같이 허리를 곧게 편 무르가 나타난 것이다.

안나 표도로브나는 불안해하며 카디건의 단추가 잘 잠겼는지 확인했다. 이러나저러나 정확히 무엇이 잘못됐는지 그녀는 항상 알지 못했다. 혹여나 카디건 단추가 똑바로 잠겨 있으면, 괴상망측한 스타킹을 신었거나 머리 빗질을 잘못했다는 것을 의미했다. 그녀가 평생을 한결같이 목 뒤에 소시지처럼 머리를 땋아내렸다 하더라도 말이다. 어쨌거나 무엇이든 아침 지적의 대상이 될 수 있었다. 예컨대, 커튼이 지저분하다거나 조악한 품종의 커피라 삶은 양배추 냄새가 난다거나…… 놀라운 것은 안나 표도로브나가 이에 대해 사과하고 변명하며 반응하는 그 새삼스러움뿐이었다. 때로는 지적에 반박을 시도했지만, 항상 나중에는 그런 자신을 탓하게 됐다. 이런 상황은 좋은 쪽으로 흘러가지 않았는데, 무르가 본래부터 위를 향해 나 있는 눈썹을 더 높이 치켜들면 눈썹은 장밋빛이 도는 아맛빛 앞머리 밑으로 모습을 숨겼다. 그리고

* 러시아의 단독주택 형태의 별장. 부유층의 고급주택이라기보다는 교외에 위치해 도시인들이 휴식을 취하는 공간이다.

기다란 눈꺼풀을 천천히 움직이며 텅 빈 거울색의 눈으로 불만스레 안나 표도로브나를 쳐다보곤 하는 것이다.

부엌 가운데로 들어온 무르가 이번에는 아무 말이 없었다. 검은 기모노는 마치 그 아래에 몸통이 전혀 없이 비어 있는 것처럼 주름져 있었다. 빠지지 않는 보석 반지를 낀, 뼈가 앙상한 누런 손가락과 작은 머리가 달린 긴 목만이 꼭두각시 인형처럼 튀어나와 있었다.

스스로 기억하는 바로, 안나 표도로브나는 평생 동안 어머니와 만나기 전에 미리 준비를 하곤 했다. 어렸을 때는 물속으로 다이빙을 앞둔 수영 선수처럼 어머니의 문 앞에서 얼어 있었다. 어른이 되고 나서는 최강의 상대와의 대면을 앞두고 승리가 아닌 응당한 패배를 기다리는 복서와 같은 마음가짐이었다. 어머니는 아침이 채 되기도 전에 갑작스레 안나를 덮쳤고, 안나는 처음으로 사전에 준비도 없이 낯선 사람의 눈으로 바라보듯 멀찍이서 어머니를 보았다. 그녀의 앞에는 성별도, 나이도, 그리고 거의 살점도 없는 천사가 서 있었다. 영혼만으로 살고 있는. 그러나 이 영혼이 어떤 영혼인지 안나 표도로브나는 너무도 잘 알고 있었다. 최근 출판된 책을 손에 꼭 쥔 영혼이 입을 열었다.

"이 회상록에는 정말 멍청한 얘기가 쓰여 있구나! 이걸 누가 나한테 슬쩍 가져다놓은 거지? 1916년에는 우린 여전히 아버지와 파리에 살고 있었어. 난 어린 소녀였지. 카스파리가 나한테 디아데마*를 1922년에 선물했는데 그 당시엔 그 사람과 결혼한 상태였고, 1924년에 트빌리시에서 내기로 그걸 잃었어. 그때는 카스파리인지 뭔지 하는 사람은

* 띠 모양의 머리 장신구로 보통 금이나 보석을 여러 곳에 박는다.

없었고, 난 이미 미하일과 함께였어. 그는 위대한 음악가였지." 그녀는 높은 소리로 의미심장하게 이죽거렸다. 평소와 같이 길거리의 저속한 단어들이 이어져나왔기 때문에 안나 표도로브나는 몸을 움츠렸고, 이 움츠림은 어머니에게 만족감을 불러일으켰다. "그는 정말이지 그걸 못 했어." 무르가 부드럽게 웃기 시작했다. "거시기를 다루는 게 너무 서툴렀거든. 거기, 트빌리시에서 난 그 디아데마를 카드 내기를 하다 잃었지. 그런데 박스트*가 그린 초상화, 그 안의 디아데마는 완전히 다른 거야. 어떤 볼품없는 것으로, 무대 소품인데……"

무르의 유명한 애인들, 이것은 그녀의 기억에서 최고의 페이지였다. 그들의 이름은 군단이었다.** 적잖은 종이가 그녀의 밝은 곱슬머리와 말로 표현할 수 없는 영혼의 신비를 찬양하기 위해 최고급 펜으로 채워졌고, 미술관과 개인 소장품들로 보관되고 있는 그녀의 초상화를 통해 금세기 초의 예술 동향을 살펴볼 수도 있었다.

무르에게 도취된 이들이 일련의 애인들만은 아니었던 걸 보면 그녀에게 실제로 신비로움이 있었음이 분명하다. 무르의 유일한 딸, 흔치 않은 고결한 변덕의 자식, 안나 표도로브나는 평생 그 수수께끼를 풀고자 애썼다. 아버지, 여동생들, 여자들과 남자들, 심지어 좁고 고통스러운 양성兩性의 틈새에 위치하는 불분명한 존재에게조차 미치는 어머니의 힘은 어디에서 비롯되었을까? 순수한 의도를 가진 보통 남자들뿐

---

* 레온 박스트(1866~1924). 러시아 출신 화가로 디아길레프 발레 작품들의 환상적인 무대의상을 담당했다.

** 성경의 마가복음 5장 9절을 변용한 것이다. '이에 물으시되 네 이름이 무엇이냐 이르되 내 이름은 군대니 우리가 많음이니이다 하고.'

만 아니라, 여성스러운 남성 동성애자들과 무료한 여성의 길을 벗어난 확고한 레즈비언들도 그녀에게 반하곤 했다. 안나 표도로브나는 이 문제에 대한 답을 찾을 수 없었지만, 알 수 없는 힘에 굴복하여 어머니의 계속되는 변덕을 달래느라 분주했다. 무르는 마치 임신부처럼 끊임없이 무언가 알 수 없는 애매한 것을 바랐다. 한마디로, 알 수 없는 어딘가로 가서 알 수 없는 무언가를 가져오라는 식이다.

그녀의 초인적인 마력에 조금이라도 저항한 사람들—오래전에 모두에게 잊힌 안나 표도로브나의 남편, 손녀 카탸의 남편, 무르의 마지막 남편의 모든 친척들……—은 그저 모습을 감췄다. 그들이 있지도 않았던 것처럼.

"너는 커피구나." 무르가 안나 표도로브나 앞에 거짓스러운 회상록을 내려놓고서 그 예민한 코를 실룩였다.

기분좋은 향이 났으나 무르는 항상 무언가 다른 것을 원했다.

"초콜릿을 한 잔 마셨으면 하는데."

"코코아요?" 안나 표도로브나는 성공하지 못한 작은 휴일을 애석해할 틈도 없이 흔쾌히 탁자에서 일어났다.

"웬 코코아? 비위 상한다고, 코코아라니. 정말 초콜릿 한 잔조차 없단 말이냐?"

"초콜릿이 없는 것 같은데요."

집에는 초콜릿이 없었다. 정확히 말하면, 당연히 초콜릿, 환자들이 가져온 초콜릿 과자들은 커다란 상자 안에 산처럼 쌓여 있었다. 그러나 초콜릿 파우더나 덩어리 초콜릿은 없었다.

"카탸나 레노치카를 보내. 어떻게 집에 초콜릿이 없을 수 있는 거야?!" 무르가 격노했다.

"지금 새벽 네시예요." 안나 표도로브나가 변명을 시도했다. 그러나 바로 두 손을 들어올리며 말했다. "있고말고요, 아이고, 있어요!"

그녀는 찬장에서 상자를 끌어내더니 서둘러 부스럭거리는 셀로판 포장을 뜯고 초콜릿 과자 한 움큼을 꺼내 식탁용 나이프로 과자의 두툼한 바닥 부분을 쓸모없는 내용물과 분리시켰다. 전투적인 태세에 돌입했던 무르는 딸의 기지 있는 모습을 보더니 곧장 수그러들었다.

"그럼 방으로 가져와……"

안나 표도로브나는 조심스레 두꺼운 주방 장갑으로 손을 감싸고서 작은 냄비에 우유를 데웠다. 그녀는 가수가 목을 아끼듯 손을 아꼈다. 아껴야 할 이유가 있었다. 두껍고 긴 손가락과 요오드로 주변이 물든 타원형으로 깎은 손톱의 가느다란 손. 그녀는 매일 매니퓰레이터*로 무장한 손을 눈의 한가운데에 찔러 넣었고, 긴장된 근육의 섬유, 모세혈관, 모양체소대, 위험한 슐렘관을 피해서 많은 막을 지나 열 겹으로 이루어진 망막에 도달해, 이 투박한 손가락들로 세상의 신비 중 가장 정교한 것에 조각을 대고 깁고 덧붙였다……

안나는 금도금을 한 어머니의 작은 스푼으로 진한 초콜릿 위의 얇은 우유 막을 걷어내고 있었는데, 그때 종소리가 울렸다. 무르가 자기한테 오라고 부른 것이다. 핑크빛 찻잔을 쟁반 위에 올려놓고 안나 표도로브나는 어머니에게 갔다. 그녀는 이미 '압생트** 애호가'의 자태***로

---

* 사람의 팔과 비슷한 기능을 하는 기계.

** 프랑스가 주산지인 독주.

*** 피카소의 〈압생트를 애호하는 애인〉(1901)을 염두에 두고 있다. 한 여인이 왼팔을

카드놀이 탁자에 앉아 있었다. 꽃잎이 있는 면을 색이 바랜 펠트 천에 파묻고 있는 작은 구리 종이 그녀 앞에 놓여 있었다.

"내게 그냥 우유만 주렴. 너의 그 초콜릿은 모두 빼고."

'하나, 둘, 셋, 넷…… 열', 습관적으로 안나 표도로브나가 속으로 숫자를 세었다.

"어머니, 아시잖아요. 마지막 남은 우유가 이 초콜릿에 다 들어갔어요……"

"카탸나 레노치카가 재빨리 가서 사 오게 해."

'하나, 둘, 셋, 넷…… 열.'

"지금 새벽 네시 반이에요. 가게가 아직 문을 안 열었어요."

무르는 만족스러운 듯 깊은 숨을 쉬었다. 얇은 눈썹이 떨렸다. 안나 표도로브나는 찻잔을 낚아챌 준비를 했다. 무르는 많은 잔주름들이 흘러나가는, 홈이 깊게 파인 마른 입술을 길게 늘이며 조소를 지었다. "이 집에서 맹물 한 잔은 내가 얻어 마실 수 있겠지?"

"그럼요, 그럼요." 안나 표도로브나가 분주하게 움직였다.

아침의 소동은 일어나지 않을 것 같았다. 아니면 연기됐거나.

'늙었구나, 가여운 분.' 안나 표도로브나가 혼잣말을 했다.

수요일이었다. 병원 진료는 열두시부터다. 오늘은 카탸가 푹 자도록 둘 수 있다. 수요일은 손주들이 자기 일을 스스로 하는 날이다. 대학교 입학 전의 열일곱 살 레노치카가 어린 그리샤를 김나지움에 데려다준

---

턱에 괴고 오른팔은 반대쪽 어깨를 감싼 채 식탁에 몸을 기대고, 앞에 놓인 압생트 술병을 바라보고 있는 그림이다. 러시아 상트페테르부르크의 예르미타시박물관에 전시되어 있다.

다. 카탸가 그리샤를 다시 데려올 것이고, 안나는 다섯시 반 이전에는 집으로 돌아와야 한다. 여섯시부터 카탸가 야간학교에서 영어를 가르치는 일을 하기 때문이다. 식사할 것은 있다. 나가기 전까지 우유를 사놓아야 한다. 종소리.

'하나, 둘, 셋, 넷…… 열.'

"네, 어머니."

가느다란 손이 우아하게 허공에서 금속테 안경을 오페라글라스처럼 쥐고 있었다.

"내가 생각이 났는데, 여기 텔레비전에 '오레알'*이라는 회사가 나왔지. 아주 아름다운 처녀가 건성 피부용 크림을 선전했었어. '오레알'. 아마도 오래된 회사일 거야. 그래, 맞아. 릴레치카가 거기 향수를 파리에서 주문했었어. 걔는 1리터짜리 큰 병을 원했는데, 가난한 걔 애인은 작은 병을 보낸 거야. 큰 걸 살 수가 없었거든. 그런데 큰 소동이 벌어졌지. 나한테 마예츠키가 1리터짜리를 가져온 거야…… 어머, 내가 무슨 말을 하는 거니, '오레알'이 아니라 '로리강 코티' **였어……"

무르는 유난히 광고에 잘 넘어갔는데, 이것은 새로운 비극이었다. 그녀는 모든 것을 필요로 했다. 새로 나온 크림, 새로 나온 칫솔, 새로 나온 슈퍼 냄비.

"잠깐 앉아, 앉아봐." 무르가 상냥하게 동그란 피아노 의자를 가리켰다.

안나 표도로브나가 앉았다. 그녀는 그리샤의 장난감 기찻길에 있는

---

* 프랑스의 화장품 회사 로레알(L'Oréal)을 가리킨다.

** 프랑스의 향수 브랜드 로리강 코티(L'Origan Coty).

것들과 유사한 모든 원들, 8자 모양, 매듭들을 알고 있었다. 이것들을 따라 오래된 생각의 열차가 미끄러져 나갔고, 무르의 위대한 전기傳記 중 일찍이 유명했던 장소에서 멈춰 서거나 방향을 틀기도 했다. 지금 무르는 향수 이야기를 시작했다. 그러고 나서는 친구이자 경쟁자인 릴레치카 이야기로 넘어갔다. 그녀가 릴레치카에게서 빼앗은 마예츠키. 유명한 영화감독. 그녀에게 명성을 가져다준 영화 촬영. 이혼. 아무도 그녀가 할 수 있다고 상상하지 못했던 패러글라이딩. 그다음은 비행사인 테스트 파일럿, 미남, 그는 반년 후 최고의 추억들을 남겨주고는 사고를 당했다. 그후로는 엄청나게 유명한 건축가를 만나 베를린으로 갔고, 그녀는 센세이션을 일으켰다. 아니, 체카*나 내무인민위원회** 같은 곳, 멍청하긴, 그런 곳 어디서도 결코 일한 적이 없었다. 그래, 자기는 했다. 그것도 기꺼이! 거기에는 있었지, 진짜 남자들이 있었지. 카탸와 너는 성감대라고는 전혀 없는 얼간이 가시내들이라고…… 전혀 쓸모없는 것들이야……

사십여 년 전 안나 표도로브나는 어머니를 의자로 내리치고 싶었던 적이 있었다. 삼십여 년 전에는 머리끄덩이를 잡고 싶었다. 지금은 마음속으로 혐오와 구역질을 느끼며 자화자찬의 모놀로그를 흘려들었고, 기대했던 아침시간이 사라져버렸다는 사실에 우울해했다.

전화벨이 울렸다. 분명 병원에서 온 것이다. 무슨 일이 일어난 게 아

---

* CHEKA. 1917년 혁명 이후 취약한 국내외 상황을 타개하기 위해 레닌의 뜻에 따라 제르진스키가 창설한 첩보기관으로, 소련 비밀경찰 KGB의 전신이다. 이름은 '반혁명과 파괴행위 대처를 위한 러시아 비상위원회'의 머리글자를 따서 붙였다.

** NKVD. 소비에트연방의 공안기관이자 비밀경찰. 스탈린의 통치 기간 동안 행해진 정치적 숙청의 직접적인 실행기관이었다.

니면 이렇게 이른 시간에 전화가 올 리 없다. 그녀는 급히 수화기를 들었다.

"네, 네! 저예요! 무슨 말인지…… 요하네스버그라고요?"

어째서 이 목소리를 곧바로 알아채지 못했는지…… 꽤 높으면서도 여인네의 것은 아닌 목소리, 마치 치료를 받은 말더듬이에게서 나타나는 것 같은 미끄러지는 '에르' 발음과 단어 사이의 긴 휴지. 그러모으는 것 같은 단어들. 삼십 년……

처음에는 머릿속에 온갖 것이 밀려들더니, 열이 나기 시작했고, 잠시 뒤에는 땀이 흘렀다. 그러고는 격렬한 무력감.

"응, 그래, 알아차렸어."

이렇게 세월이 지나고 나서 '어떻게 지내?'라는 말도 안 되는 질문.

"응, 가능해. 그래, 그러자. 들어가봐."

수화기를 내려놓았다. 심지어 손에서 핏기가 가셨고, 손가락 끝부분은 엄청난 양의 빨래를 끝낸 뒤처럼 힘이 빠지고 쭈그러들어 있었다.

"누구 전화니?"

"마레크요."

일어나서 나가야 했지만 힘이 없었다.

"누구라고?"

"제 남편이요."

"이것 봐, 걔가 아직 살아 있구나! 나이가 도대체 몇이지?"

"그이가 저보다 다섯 살 어려요." 안나 표도로브나가 건조하게 대답했다.

"그래서 걔가 우리한테서 원하는 게 뭔데?"

"별거 아니에요. 나와 카탸를 보고 싶어해요."

"별 볼 일 없는 놈이야, 완전히 쓰잘데없다고. 이해가 안 되는구나, 너는 어떻게 그 남자와……"

"그의 병원이 요하네스버그에 있어요." 안나 표도로브나가 화제를 돌리는 데 성공했다.

무르는 생기가 돌았다.

"외과의사? 재밌는데! 네 아버지도 외과의사였지. 난 캅카스에서 자동차 사고를 당했었어. 네 아버지가 아니었으면 나는 그때 다리를 잃었을 거야. 수술을 훌륭하게 해냈지." 무르는 키득거렸다. "내가 그를 유혹했어, 깁스를 하고서……"

가장 놀라운 건 세세한 사실들이 끝도 없이 이어진다는 것이다. 무르가 내기로 시집을 갔으며, 그 결과 유명한 친구에게서 다이아몬드 브로치를 얻은 일은 안나 표도로브나도 오래전부터 알고 있었다. 깁스에 관해서는 처음 들었는데 갑자기 오래전 돌아가신, 어릴 적 열렬히 사랑했던 아버지에 대한 불쾌한 감정이 들었다. 아버지는 어머니보다 스무 살이 많았고, 안나 표도로브나를 제외한다면 독일 의사 집안의 마지막 대표자로, 목숨을 내걸 정도로 자신의 직업에 헌신적이었다. 그러나 우연한 사건이 그를 보호해주었다. 그는 언젠가 젊은 시절, 지방 도시의 의사로 근무하면서 중이염으로 죽어가던 젊은 노동자의 두부 절개 수술을 집도했다. 새로운 볼셰비키 정권하에서 이 노동자는 비교할 수 없는 위치까지 올라갔는데, 그에 대해 완전히 잊고 있던 의사 슈토르흐 씨는 이 고마운 마음을 가진 환자의 기억에서 잊히지 않았다. 이 환자는 의사에게 일종의 보호증명서를 주었다. 어찌되었건 차르의 군대와 이후 반反볼셰비키 의용군에서의 군의관 근무조차 그가 자신의 침대에서 명예롭게 죽음을 맞는 것을 막지는 못했다. 비록 암으로 인해 고통스러워했지만.

"말해보렴, 요하네스버그는 독일에 있는 거니?"

이 노파의 생각이 마치 굶주린 벼룩같이 튀어다닌다고 생각하는 사람도 있겠지만, 안나 표도로브나는 어머니의 놀라운 특성에 대해 알고 있었다. 어머니는 항상 마치 여러 가닥의 실을 엮듯 몇 가지 생각을 동시에 했다.

"아니요. 아프리카에 있어요. 남아프리카공화국이요."

"있잖아, 보어전쟁,* 기억난다, 기억나…… 재미있군. 그러니까 크림 사 오는 걸 잊지 마."

그러고는 연약한 손가락으로 늙은 살구처럼 처진 피부를 쓰다듬었다.

무르는 예전에 자기 삶의 무대배경으로, 자신이 주연인 연극의 단역 배우로서 사건들과 사람들에게 관심을 가졌지만 해가 갈수록 모든 주변적인 것들은 색을 잃어갔고, 텅 빈 무대의 중앙에는 그녀 혼자만, 그리고 그녀의 여러 가지 욕망만 남았다.

"아침은 뭐야?"

왼쪽 눈썹이 가볍게 위로 올라갔다.

아침, 점심, 저녁식사는 사소한 일로 여겨지지 않았다. 정해진 시간을 엄격히 지켜 음식을 차려야만 했다. 어머니는 나이프 받침대와 고

---

* 1899년에 영국이 남아프리카의 금과 다이아몬드를 획득하기 위해 보어인이 건설한 트란스발공화국과 오렌지자유국을 침략하여 벌어진 전쟁. 두 나라는 필사적으로 저항했으나 1902년 영국령 남아프리카에 병합되었다.

리에 끼운 냅킨이 있는 완전한 식기 세트를 요구했다. 그러나 포크를 손에 들었다가 곧장 접시 옆에 떨어뜨리는 일이 점점 잦아졌다.

"입맛이 당기지 않아."

화가 나고 짜증이 나서 그녀는 말하곤 했다. "아무래도 강판에 간 사과를 먹거나 아이스크림을 먹어야겠어."

평생 동안 무르가 즐긴 것은 욕망하는 것과 욕망하는 것을 얻는 것이었고, 그녀에게 불행은 욕망하는 행위가 끝난다는 것이었는데, 죽음이 끔찍한 것은 오직 그것이 욕망의 끝을 의미하기 때문이었다.

마레크가 오기 전날, 카탸는 늦게까지 아파트를 청소했다. 아파트는 무너질 것같이 낡았고, 오랫동안 수리하지 않아 청소를 해도 별반 변화가 없었다. 천장은 구석이 누레지고 칠한 것이 바스러졌다. 오래된 가구는 수리가 필요했고, 먼지 덮인 책들은 말라서 갈라진 책장에 꽂혀 있었다. 인텔리겐치아다운 호화로움과 빈궁의 혼합이었다. 늦은 밤, 카탸와 안나 표도로브나는 둘 다 낡아빠진 벨벳으로 만든 인형처럼 오래된 포근한 가운을 입고 꼭 그들처럼 낡은 고블랭 소파에 앉았다.

안나 표도로브나는 팔걸이에 기대어 있었고, 카탸는 가는 다리를 웅크려 탄력이라곤 하나도 없는 늙은 어미 닭의 날개 밑에 숨어드는 병아리처럼 어머니의 팔 아래로 파고들었다. 카탸는 마흔 줄이 다 되어가지만 어딘가 병아리 같은 구석이 있었다. 희끗희끗한 털이 난 머리에 둥근 눈, 가는 목, 부리같이 긴 코. 새와 같은 매력, 새와 같은 비非육체성이 있었다. 어머니와 딸은 한없이 서로를 사랑했지만, 그 사랑은 그들의 친밀함에 장애가 되었다. 무엇보다도 그들은 서로를 슬프게 할까 두려웠다. 그러나 삶은 대부분 다양한 종류의 슬픔으로 이루어지기 때문에 시종일관의 침묵이 모녀의 조용한 불평, 서로에 대한 달콤한 위로, 그리고 함께 이야기하는 고민을 대신했다. 그 대신 그들은 그리샤의 감기, 레노치카의 시험 혹은 무르를 위한 수면제에 관해 무엇보다도 자주 이야기했다. 모녀의 삶에서 무언가 대단한 일이 일어나면 그들은 평소보다 더 바짝, 오랜 시간 기대어 있을 뿐이었고, 부엌에서 빈 찻잔을 앞에 둔 채 말없이 앉아 있을 뿐이었다.

"아버지가 떠나기 전 저에게 작은 구리 현미경을 주셨어요. 정말 좋았어요." 카탸가 미소 지었다. "저는 그걸 타냐 자비도노바에게 가지고 갔어요. 2학년 때 같은 반이었던 애 기억하세요?"

"나한테 현미경에 대해서 말한 적은 없었잖아."

안나 표도로브나는 눈을 들지도 않고 가운을 더 단단히 여몄다.

"제가 그걸 집에 가져왔다면 당황하셨을 것 같아서…… 자비도노바가 그걸 돌려주지 않았어요. 걔네 아버지가 팔아서 술을 마셨을 수도…… 제가 아버지를 끔찍이 사랑한 걸 아시죠…… 그런데 왜 이혼하셨어요?"

질문은 어려웠고 그에 대한 답은 너무 많아 마치 계단을 따라 지하로 내려가는 것 같았다. 깊이 내려갈수록 더 어두워지듯이.

"우리는 결혼해 오스탄키노에서 성찬식용 빵을 굽는 여자의 집에 방을 얻었어. 그녀의 스토브는 항상 켜져 있어서 집안 전체가 성찬식 빵 같았지. 거기서 네가 태어난 거야. 너한테 첫 음식은 그 성찬식 빵이었어. 거기서 우리는 사 년을 살았어. 어머니는 자기 자매들과 살았지. 에바 이모는 도시에, 베아타 이모는 다차에 살았어. 에바 이모는 평생 어머니를 돌보며 블라우스에 풀을 먹이고 살았지. 노처녀인 그 비밀스러운 가톨릭교도는 유난히 엄격해서 무슨 일이든 어느 누구도 용서하지 않았는데, 어머니만 매우 좋아했었어. 그런데 갑자기 이모가 예순도 되지 않아 돌아가셨어. 그러자 어머니는 바로 내가 필요해졌지. 낯선 시종은 견뎌낼 수가 없었거든."

"왜 할머니에게 '안 돼요'라고 말하지 않았어요?" 카탸가 날카롭게 소리질렀다.

"어머니는 일흔이 다 되었고 진단받기를…… 나는 죽어가는 사람을 뿌리칠 순 없었어."

"그렇지만 돌아가시지 않았잖아요."

"마레크가 그때 어머니는 마르크스-레닌주의 이론처럼 영원히 살아남을 거라고 말했었지."

카탸가 흠 하고 소리를 냈다.

"재치 있네요."

"그렇지. 그런데 네가 보다시피 그이가 틀렸다. 어머니는 감사하게도 마르크스주의보다도 오래 살고 있는걸. 종양은 줄어들었어. 폐의 일부를 잠식하긴 했지만 곧 멈췄지. 나는 어머니를, 베아타 이모는 너를 돌봤어. 이모는 아이들을 못 견뎌했기 때문에 곧 너를 파흐라*로 보냈고, 학교에 들어갈 때가 되어서야 데리고 왔지."

"아버지는 왜 엄마와 같이 여기로 오지 않았어요?"

"거기에 대해선 말할 것도 없었지. 어머니가 그이를 미워했단다. 그

---

* 파흐라강은 모스크바주를 흐르는 강으로 모스크바강의 지류다. 여기서는 파흐라강이 흐르고 있는 지역의 마을을 일컫는다.

이는 그렇게 오스탄키노에서 떠나기 바로 직전까지 살았어."

"그런데 그 당시에 정말로 외국으로 내보내줬어요?"

"특별한 경우였지. 폴란드를 통해서. 공산주의자였던 그이 어머니는 그이, 그리고 그이 형과 함께 폴란드에서 러시아로 도망쳤고, 그이 아버지는 폴란드에 남아 죽었어. 대가족이었는데 많이들 살아남아서 누군가는 네덜란드로, 또다른 누군가는 미국으로 떠났대. 마레크가 이야기해줬는데 난 이제 기억이 안 나는구나. 너의 수많은 친척들은 모두 전 세계에 흩어져 있단다. 그래, 봐봐, 그이도 남아공에 있잖아." 안나 표도로브나가 한숨을 쉬었다.

"할머니는요?" 카탸가 때늦은 조사를 이어갔다.

안나 표도로브나는 조용히 웃었다.

"어머니는 손톱관리사를 내일 오라고 불렀고, 줄무늬 블라우스를 다려놓으라고 했지."

"그게 아니고요, 제 말은 그 당시에……"

"어머니는 편지 주고받는 걸 허락하지 않았어. 하루는 어떤 폴란드 태생의 이스라엘 사람이 와서 나한테는 몇백 달러를, 너한테는 장난감이랑 옷을 가져다줬는데, 어머니가 이걸 알고는 내가 어디로 숨어야 할지 모를 정도로 소동을 일으켰지. 뭐가 더 무서웠는지는 나도 모르겠어. 달러를 가지고 있으면 바로 감옥에 집어넣던 시절이었지. 나는 그 폴란드인에게 모두 돌려주고는 마레크에게 우리를 지켜줬으면 좋겠으니 제발 아무것도 보내지 말았으면 한다는 얘기를 전해달라고 부탁했어."

"그게 다 무슨 바보 같은 짓이에요……" 카탸가 너그러운 투로 속삭이며 어머니의 관자놀이께를 쓰다듬었다.

"아니, 이게 삶이란다." 안나 표도로브나가 한숨을 쉬었다.

그러나 대화 이후에 불쾌한 앙금이 남았는데, 카탸가 자신에게 잘못 살고 있다고 말하는 것 같았다……

이전까지는 안나가 알아채지 못하고 있었던 것이다.

여러 날 동안 계속되던 혹한이 지나고 날씨가 조금 누그러지자 눈이 내리기 시작했고, 자모스크보레체 지역은 눈 깜짝할 사이에 눈에 묻혀 버렸다. 음울한 화강암 주춧돌 위에 세워진 스탈린 시대 건물의 비인간적으로 높은 현관에서 두터운 양가죽 외투에 여우 두 마리로 만든 귀덮개 모자를 쓴 노인이 곧 나타났다. 눈 덮인 듯 희끗한 곱슬머리를 한 어떤 정신 나간 사람이 베이지색 재킷을 입고 어깨에 붉은 스카프를 두르고 모자도 쓰지 않은 채 넓은 계단을 따라 노인 쪽으로 서둘러 올라오고 있었다.

흰머리의 남자가 단단히 껴입은 노인을 어색하게 지나치며 문이 쿵 하고 닫히기 전에 재빨리 현관으로 들어갔다.

들어온 사람은 집 문 앞에서 벨을 누르고 나서 문 저멀리 누군가의 타닥거리는 발소리와, 다음에 이어지는 선명한 여자 목소리가 크게 울리는 것을 들었다. "그리시카, 점토를 이리 줘." 그러고 나서 그는 가벼운 유리 부딪치는 소리와 짜증스러운 고함을 들었다. "문 좀 열어 줘!" 그리고 마침내 문이 열렸다.

문 뒤에는 몸집이 큰 나이든 여자가 서 있었고, 그녀의 얼굴 깊은 곳에는 익숙한 작은 알갱이가 박혀 있었다. 연보랏빛 강낭콩 같은 모양으로 뺨에 박힌 이 작은 알갱이는 아마도 예전에는 작고 사랑스러운 반점으로 보였을 것이다. 여자는 한쪽 손에 유리병의 깨진 목 부분을 잡은 채 놀라서 그를 바라보았다.

그는 복도 끝에서 작은 방으로 방향을 돌렸는데 거기에는 물이 고여 있었다. 방문자의 딸뻘이 아니라 심지어 손녀뻘쯤 되는 모르는 여자의 손에는 걸레가 들려 있었다. 그녀는 키가 매우 크고 볼품이 없었으며 좁은 어깨와 둥근 눈을 가지고 있었다. 멀리 떨어진 방에서 다시 고함 소리가 들렸다. "그리시카, 점토를 달라고!"

손님은 뒤에 바퀴가 달린 여행 가방을 끌고 들어와 멈춰 섰다. 안나 표도로브나는 베인 손가락을 빨면서 그에게 평소처럼 말했다.

"안녕, 마레크."

그는 안나 표도로브나의 어깨를 안았다.

"아넬랴,* 미칠 것 같군! 온 세상이 변해서 모든 것이 바뀌었는데 이 집만은 그대로야."

멀리 떨어진 방에서 카탸가 뻗대고 있는 그리샤를 데리고 나왔다.

"카투시카!"** 방문자는 '아' 하고 놀랐다.

오랫동안 잊혔던 유년 시절 카탸의 이름, 포동포동한 아기였을 때 불렸던 이름이었다.

카탸는 그의 얼굴을 보았다. 아버지의 그을린 얼굴은 나이보다 젊어 보였고, 기억 속의 모습보다 훨씬 더 멋있었다. 그러자 자신이 얼마나 아버지를 강렬히 사랑했는지, 어머니를 아프게 할까 두려워 이러한 사랑을 얼마나 부끄러워했고, 어머니에게 숨기려고 했는지 떠올랐다. 그

---

* '안나'의 애칭.

** '카탸'의 애칭.

런데 지금 갑자기 가슴 깊은 곳에서 이 사랑이 잊히지 않았다는 것을 깨닫고 카탸는 부끄러워 얼굴이 빨개졌다.

"제 아이들이에요, 그리샤와 레노치카."

마레크는 카탸의 작은 얼굴이 나이들고 주름졌으며, 턱 아래에 둥글게 모아 잡은 손 또한 나이가 들었다는 것을 알아차렸다. 그가 새로이 얻게 된 손주들을 눈여겨보기도 전에, 집안 깊숙한 곳에서 천천히 문이 열리더니 희미하게 보행기의 금속판이 쟁강거리는 소리를 내면서 출입문에 무르가 나타났다.

"스페이드의 여왕이야."* 손님이 엄청나게 놀라며 속삭였다. "미쳐버리겠군!"

마레크는 무슨 이유에서인지 쾌활하게 웃음을 터뜨리고는 그녀의 손에 키스를 하기 위해 내달렸다. 무르는 상류층 부인의 몸짓으로 말라비틀어진 손을 건네며 연약하면서도 당당한 모습으로 그의 앞에 섰는데, 마치 바로 자신을 만나기 위해 이 잘 빼입은 신사가 외국에서 건너왔다는 식이었다. 이 상류사회의 노부인은 손톱 손질을 받은 손으로 모든 어색함을 날려버렸고, 모든 식구들은 이러한 비상 상황에서 어떻게 행동해야 하는지 확실히 알게 되었다.

---

* 알렉산드르 푸시킨이 쓴 동명의 소설 「스페이드의 여왕」(1833)이 있다. 이 소설에서 주인공 게르만은 늙은 백작부인이 카드놀이에서 반드시 이기는 비법을 알고 있다는 소식을 듣고는 어느 날 밤 그 백작부인의 집을 찾아가 비법을 알려달라고 강요한다. 마침내 피스톨로 위협하자 백작부인은 놀라서 죽고 만다. 이후 백작부인의 망령이 게르만 앞에 나타나 '3, 7, 1'이라는 숫자를 알려주었고, 게르만은 즉시 도박장으로 달려가 부인이 알려준 대로 카드를 쳤다. 그러나 마지막 순간에 1이 아닌 '스페이드의 여왕'이 나왔고, 카드 속 여왕은 이상한 웃음을 띠고 게르만을 바라보는 것 같았다. 결국 게르만은 전 재산을 잃고 미쳐버린다.

"훌륭해 보이는군, 마레크." 무르가 친절하게 말했다. "세월이 자네한테는 유용했나보구먼."

마레크는 무르가 내민 구원의 손을 놓아주지 않으면서 폴란드어로 빠르게 지껄였다.

이것은 그들의 어린 시절 언어로, 구시가지의 좁은 반半고딕식 집 가운데 하나에서 태어난 차르네츠키 집안 아가씨의 것이었다. 그리고 다양한 이유에서 전 세계에 유명한 바르샤바의 유대인 거리, 크로흐말나 거리 약사의 손자 것이기도 했다.

카탸는 어머니와 눈길을 주고받았다. 이 순간조차도 무르는 딸에 앞서, 손주들에 앞서 먼저 주의를 끌었다.

"내 방에 잠깐 들를 수 있겠나." 무르는 삼십여 년 전 마레크를 얼마나 끔찍하게 싫어했는지를 잊기라도 한 것처럼 그에게 자애롭게 제안했다. 그런데 예상치 못한 일이 일어났다.

"감사합니다, 부인. 저는 오늘 한 시간 반밖에 시간이 없어요. 그래서 이 시간을 아이들과 보내고 싶습니다. 부인께는 내일 들르도록 하죠. 허락하신다면, 지금은 방까지 모셔다드리도록 하겠습니다."

그녀가 반대할 새도 없이 그는 확고하고 유쾌하게 그녀의 보행기를 돌려 안채로 데려갔다.

"이전과 다름없이 우아하시네요. 안락의자에 앉혀드릴까요?" 그가 다른 선택의 여지가 없다는 어조로 제안했다.

안나 표도로브나와 카탸, 레노치카는 비명과 통곡, 찻잔 깨지는 소리를 예상하며 살아 있는 그림처럼 꼼짝 않고 문간에 서 있었다. 하지만 그런 일은 일어나지 않았다. 무르는 온순하게 안락의자에 주저앉았다. 마레크는 몸을 굽혀 오래되어 푸석한 파란 가죽구두 속에 밀어넣은 무르의 좁은 발을 건드리고는 다소 엄격하게 말했다.

“음, 안 돼요. 이런 신발은 절대 신어서는 안 돼요. 제가 구두를 보내드릴게요. 그걸 신으면 멋질 거예요. 전문적인 회사의 제품이거든요. 아가씨들이 치수를 재기만 하면 돼요.”

그는 무르를 혼자 남겨놓은 채 문을 닫았고, 안나 표도로브나는 극도로 놀라 그에게 물었다.

“어떻게 어머니와 그렇게 얘기할 수 있어요?”

그는 무신경하게 손을 흔들었다.

“경험이지. 우리 병원 환자의 80퍼센트 이상이 여든 살을 넘었고, 다들 부자인데 변덕이 심해. 지난 오 년간 어떻게 해야 그들과 잘 지낼 수 있는지를 배웠어. 당신 어머니는 진짜 스페이드의 여왕이야. 푸시킨이 당신 어머니를 보고 글을 썼나봐. 아무튼. 가보자, 그리샤, 저기 여행 가방에 뭐가 들었는지 보자고.”

그리샤는 방금 전까지 솜씨 좋게 세면대의 구멍을 막았던 점토에 대해서는 금방 잊어버렸고, 잘 만들어진 이 희망 가득한 여행 가방을 자기 쪽으로 끌어당겼다.

안나 표도로브나는 음식을 잘 차려놓은 식탁 옆에 서 있었다. 모든 일이 자신과 어떤 관계도 없는 것 같았다. 심지어 믿음직스러운 카탸도 마레크의 그을린 얼굴에서 눈을 떼지 않았다. 안나 표도로브나가 보기에 카탸의 미소는 긴장이 풀려 있었고, 좀 멍청해 보이기까지 했다.

‘잘됐군.’ 그녀는 생각했다. ‘그저께 구입한 알 수 없는 병에 든 것으로 머리를 염색하지 않아서. 그이는 내가 자기를 위해 젊어 보이려 그랬다고 생각할 수도 있잖아. 하지만 어쨌든 내가 이렇게 풀어진 건 좋지 않으니 그가 떠나면 염색을 해야지.'

마레크가 그녀 쪽을 쳐다보며 손으로 탁구를 치는 것 같은 익숙한 동작을 하자, 안나 표도로브나는 그가 두 사람이 약혼한 시기에 유행했던 탁구를 솜씨 좋게 쳤었다는 사실이 기억났다.

마레크는 아이들과 가볍게 자유자재로 이야기했다. 그는 카탸의 어깨를 잡고는 놓아주지 않았고, 카탸는 소처럼 그의 팔 아래에서 넋을 놓고 있었다.

'꼭 소 같군.' 안나 표도로브나는 생각했다.

선물들은 굉장한 것들이었다. 무선전화기, 사진기를 비롯한 각종 전자기기들. 마레크는 양모 재킷 안주머니에서 작은 앨범을 꺼내 요하네스버그에 있는 자신의 집과 병원, 그리고 다차라며 바닷가에 있는 또 다른 근사한 이층집 사진을 보여주었다.

그러고 나서 그는 시계를 보더니 그리샤의 뒤통수를 가볍게 쓰다듬으면서 내일 언제 오면 되는지 물었다. 그는 이 집에서 실제로 한 시간 반을 보냈다.

"좀 일찍 오고 싶은데. 괜찮아?" 그는 안나 표도로브나를 향해 말했는데, 그녀는 그가 자신을 다소 두려워하는 것 같다는 느낌이 들었다.

"외투 없어요?" 그리샤는 들떠서 말했다.

"보통 코트는 호텔에 두는데, 굳이 왜 필요하지? 아래에 차가 기다리고 있단다."

아이들이 마레크를 바라보며 황홀경에 빠졌기 때문에 안나 표도로브나는 좀 당황스러웠고, 곧 창피함을 느꼈다. 결국은 모든 것이 분명해졌다. 그는 항상 매력적이었고, 나이가 먹어도 여전히 멋지다는 걸…… 하지만 모호한 쓰라림과 당혹스러움이 그녀의 가슴을 들쑤셨다.

종종 그러하듯, 아버지가 없는 가족의 전통은 매번 그 다음 세대에서 강해진다. 사실대로 말하자면, 마지막 남자—가족 중 아버지—는 무자비한 폴란드 군사령관의 자손이자 세 미녀—마리야, 에벨리나, 베아타—의 온화한 아버지인 늙은 차르네츠키였다.

처음에는 안나 표도로브나도 어머니 없이 남겨졌는데, 그 당시 무르는 찰나의 영감 때문에 돌아오기를 잊기라도 한 듯 의사 슈토르흐를 버리고 어느 날 집을 나가버렸던 것이다. 며칠이 지나 그녀는 당장 필요한 것들을 챙기려고 사람을 보냈는데, 거기에는 한 살 반짜리 딸아이가 빠져 있었다. 무르의 새로운 결혼은 아직 최종적인 것이 아니었지만, 올바른 방향으로 나아가고 있었다. 데카당 시인들과 제멋대로인 영웅들의 시대는 지났다고 동물적인 감각이 그녀에게 넌지시 알려주었다. 새로운 문학 분야에서 무르의 첫 시도는 최고의 성공을 거두지 못했지만, 이후의 시도들은 마침내 성공의 관을 쓰게 되었다. 그런 그녀에게 진정한 소비에트 대작가, 금욕주의의 가면을 쓴 채 마음속에 벼락부자의 열망을 품은 위선의 주인공이 나타났다. 그는 새로이 구입한 보리소프 무사토프*의 도자기나 브루벨**의 스케치를 보여주면서 매혹적으로 팔을 벌리며 말했다.

---

* 러시아의 상징주의 화가(1870~1950). 퓌비 드샤반의 영향을 받아 시적인 분위기가 넘치는 인물화, 풍경화를 그렸다.

** 러시아의 상징주의 화가(1856~1910). 회화뿐 아니라 교회 벽화, 조형예술, 무대미술 등 다양한 분야에서 활동했으며, 신화, 성서, 영웅서사시와 문학을 주제로 한 작품을 많이 남겼다.

"이게 다 무르카*의 변덕이야. 고귀한 여인들 중에 하나를 데려왔고, 이제는 책임을 져야만 해……"

마지막 결혼은 훌륭했고, 어린 안나는 친아버지와 지내고 있어 한동안은 어머니를 떠올리지 못했다. 무르는 다시 대大문학에 빠졌고, 주요 각본가, 매우 유명한 감독과 연애를 했으며, 좋은 시설이 갖추어진 남방의 일등급 휴양소를 배경으로 몇 차례의 가벼운 관계를 갖곤 했다. 마침내 자모스크보레체에 커다란 거주 건물이 지어졌는데, 여기에서는 아파트가 인당 면적에 대한 일반인들의 환산에 의해서가 아니라 진정한 작가정신을 척도로 삼아 주어졌다. 그러나 여기에도 관료주의적인 제약은 있어서 두 여동생을 등록시켜야 했고 딸도 데려오도록 결정이 내려졌다. 게다가 무르는 자신에게 귀속된 소비에트 대작가가 포동포동한 급사와 어린 가정부를 플라토닉한 눈으로 바라보고 있지 않다는 사실을 알아챘다. 그래서 대작가에게 이미 조금 자라난 딸의 아버지 역할을 할 기회를 주며 가정을 확고히 할 때가 왔다고 결심했다.

무르는 나이든 외과의사에게서 일곱 살배기 딸을 데려왔다. 아버지를 사랑한 어린 소녀는 달콤한 나른함이 있는 오데사에서 얻은 지 얼마 안 되는 말끔한 모스크바의 집으로 옮겨왔고, 이제는 만나는 것이 허락되지 않는 친아버지를 점점 잊어갔다. 무르의 고집으로 소녀의 새 같은 독일식 성이 전 소비에트연방에서 유명한 성으로 바뀌었고, 뚱뚱한 대머리 남자를 '아빠'라고 부르도록 지시받았으며, 일 년 내내 작가용 다차에 머물렀던 둘째 이모의 보살핌 아래 남겨졌다. 몇 년 후 전쟁

* '무르'의 애칭.

이 발발했고, 잊을 수 없는 추위의 공포를 평생 동안 남긴 쿠이비셰프* 로의 피란, 뜨거운 정부 열차를 타고 모스크바로의 귀환, 그후 처음 몇 달간은 안나에게 고향이 되었던 모스크바와의 행복한 만남…… 이제는 자신의 아버지를 볼 수 없었고, 단지 자신과 그가 매우 닮았음을 희미하게만 짐작할 뿐이었다.

안나 표도로브나의 딸 카탸는 아버지에 대해 더더욱 희미한 기억만을 간직하고 있었다. 그것은 파편적이었지만, 클로즈업하여 촬영된 장면들이었다. 여기 카탸가 귀를 붕대로 싸매고 아파하고 있는데, 아버지가 곧장 침대로 강아지를 데리고 온다. 그리고 카탸는 현관에서 아버지가 끝에 갈고리가 달린 막대기로 우물에 빠진 양동이를 어떻게 건져내는지 보고 있다. 또 그들은 매운 연기 냄새가 나는 작은 나무 집에서 나와 눈 덮인 길을 따라 거대한 차르의 궁전으로 가는데, 그 궁전에는 바닥부터 천장까지 난 커다란 창, 타일로 장식된 벽난로, 벽에 걸린 그림들이 있고, 여름향기와 숲향기가 난다.

예전에 어머니가 그랬던 것처럼 카탸는 학교에 들어가기 전까지 파흐라에 살았는데, 아버지가 여기에 무엇 때문에 왔는지 거의 기억에 없었다. 한 가지 선명한 기억만이 남아 있었다. 그녀, 즉 카탸가 점박이 고양이털 코트를 입고 털모자를 쓰고 한 손은 베아타 이모의 손을 잡고, 다른 한 손은 아버지의 손을 잡고서 좁은 오솔길을 따라 버스 정류장 쪽으로 가고 있다. 버스는 이미 정류장에 서 있다. 카탸는 아버지가 늦어서 버스에 올라타지 못할까 너무도 두려워 손을 뿌리치며 아버

* 러시아 서부 볼가강 중류에 있는 중화학 공업 도시 사마라의 옛 이름.

지에게 소리친다.

"뛰어, 얼른 뛰어가!"

바로 그해에 마레크는 카탸의 조언을 따랐다.

얼마나 깊은 곳에 어린 시절의 사랑을 묻어버렸던지, 수많은 해 동안 아버지에 대해서도, 양파 껍질의 세포와 벼룩의 다리를 살펴보는데 유용했던 소중한 독일제 도구에 대해서도, 단 한 번도 떠올린 적이 없었다는 것이 놀라웠다.

카탸가 일찍 낳은 딸 레노치카는 자신의 아버지를 아예 기억조차 못했다. 카탸는 레노치카를 낳고 일 년 뒤 남편과 이혼했다. 남편에게서 부양비를 받은 적도 없었고, 단지 둘을 알고 있는 지인들로부터 그가 살아 있다는 소식만 들을 뿐이었다.

그리샤의 출생 전까지 가족은 네 명의 여자로 구성되었는데, 무르를 제외하고는 아무도 남자가 하나도 없다는 사실에 불안해하지 않았다. 무르는 습관적으로 자신의 딸 안나를 마치 무성無性의, 무색無色의, 오직 서둘러 집안 살림을 할 때만 소용이 있는 존재인 양 유심히 살펴보고서는 무엇 때문에 손녀 카탸가 그렇게 재미없게 살고 있는지 의아해했다. 무르에게 놀라운 사실은 이렇게 완전히 결핍된 여성적 재능에도 어디서 아이들이 나타나는가였다. 오직 번식을 위해 그 짓을 하는, 꼭 동물 같은……

무르는 카탸에 대해 크게 잘못 알고 있었다. 카탸는 드물게도 성공적이지만 불행한 사랑을 했는데, 이 사랑을 위해 그녀는 이해할 수 없는 첫 남편을 버리고 자신의 위대한 사랑의 대상과 함께 수많은 고난을 겪으며 그에게서 그리시카를 얻었다. 벌써 십삼 년째 이 고결한 연인과의 가끔씩의 만남을 위해 달려갔고, 아들과 숨겨둔 아버지의 진정한, 일방적이지 않은 만남의 순간을 한 해 한 해 미뤄오고 있었다. 가족, 이것은 신성한 것이라고 그는 확언했으며 카탸는 그에게 동의하지 않을 수 없었다.

이리하여 아버지 없는 삶은 그들 가정에서 뿌리깊게 계승되었고, 세 세대 동안 단단히 굳어졌다. 안나 표도로브나의, 카탸의, 심지어 성년이 되어가는 레노치카의 머릿속에도 완전히 무르에게 종속된 이 집안으로 가장 평범하고 별 볼 일 없는 남자조차 데려올 생각이 떠오르지 않았다. 여자 자손들을 향한 훌륭한 경멸로 가득차 있는 무르는 그들에게 그러한 권리를 부여하지 않았다. 안나 표도로브나와 카탸는 아버지 없는 삶의 정신, 그리고 여자의 고독과 전적으로 타협했고, 증조할머니의 재능이 위대하게 발현되었던 바로 그 분야를 미숙한 레노치카는 아예 생각조차 하지 않았다.

안나 표도로브나는 마레크의 방문 이후 집 전체가 미쳐가고 있는 것을 점점 예민하게 느꼈다. 여덟 살짜리 그리시카만이 아니라, 이번 겨울에 벌써 180센티미터까지 자란 키다리 레노치카, 그리고 카탸조차도 그렇게나 기쁨에 차서 재빠르게 마레크의 벨소리에 달려나가는 모양이 최소한 산타 할아버지가 문간에 서 있기라도 한 듯했다. 마레크도 몰풍스레 적과 백의 톤을 유지하고 있었다. 아프리카의 그을음 위에는 선명한 흰 곱슬머리가 안개처럼 피어났고, 하얀 면 칼라가 달린 조악한 붉은 윗옷 대신에 목에는 진한 핏빛의, 너무나 훌륭해서 물질적 값어치가 정신적 가치로 바뀔 만한 최고급 모직 스카프를 두르고 있었다. 산타 할아버지가 그러해야 하는 것처럼 마레크는 유쾌하고 발

그레했으며 믿을 수 없을 정도로 선물과 대접에 관대했고, 약속에 관해서는 더더욱 그러했다. 무르조차도 그에게 과도한 관심을 쏟았다.

오랫동안 느끼지 못했던 굴욕감이 안나 표도로브나를 괴롭혔다. 사흘 전까지만 해도 그리샤와 레노치카의 존재를 아예 몰랐던 마레크가 오늘 아이들의 삶에서 이런 역할을 하고 있다. 레노치카는 공부를 하러 영국이나 미국, 어디로 나갈까에 대해서만 이야기를 했다. 그리샤는 마레크의 다차, 다시 말해 후면이 장밋빛 절벽을 향해 있고, 푸른 비단 위의 상아 브로치같이 작은 만 가운데서 닻을 내린 하얀 요트가 보이는 2층짜리 빌라가 있다는 어떤 그리스 섬에 푹 빠졌다. 그리샤는 마레크의 사진이 있는 앨범을 모두 뒤졌고, 낯선 이의 비현실적인 삶이 담긴 컬러 인쇄물이 아파트 전체에, 심지어 무르의 방에도 굴러다녔다. 하지만 가장 속이 상했던 일은 카탸가 멍청한 미소를 지으며, 심지어 할머니와 똑같이 나직이 흥얼거리면서 다녔다는 것이다…… 게다가 양심적인 안나 표도로브나는 저열한 감정이 드는 것과 그것을 제어할 수 없다는 사실에도 고통스러워했다.

안나 표도로브나는 직장에서도 불쾌한 일이 있었다. 최근 입원한 중환자 중 하나는 갑작스럽게 외상을 입고 들어온 젊은 경찰로 수술을 드물게 성공적으로 마쳤으며, 적어도 한쪽 눈은 무사하다고 확실히 말할 만했다. 그런데 며칠간 그가 복도 이쪽 구석에서 저쪽 구석으로 텔레비전을 끌고 다녔기 때문에 모든 정교한 작업이 수포로 돌아갔고, 망막에서 새로운 파열이 일어나 이제는 이 멍청이의 눈을 다시 살릴 수 있을지조차 불분명해지고 말았다……

마레크는 업무차 모스크바에 왔다. 전체 업무는 의료 공무원들과의 단 한 번의 만남으로 이루어졌는데, 약속은 그의 도착 첫날 저녁으로 정해져 있었다. 수술 이후의 환자 관리를 위한 특수 장비에 대한 이야기가 오갔고, 마레크는 이 장비의 생산에 관계하고 있었다. 그가 나중에 말한 바에 따르면, 이 협상은 딸을 보기 위한 구실이었다고 한다. 예전 가족들과의 관계를 잇기 위한 첫 시도를 그는 몇 해 동안 재개하지 않았다. 러시아 그리고 폴란드의 소비에트 정권과의 관계에서 너무나도 많은 일을 겪었던 것이다.

이번 여행에서 마레크는 무슨 일이든 일어나리라 기대했지만, 이런 천진하고 감동적인 아이들, 사실상 그 없이도 잘 살아가고 있고, 그에 대해서는 아무것도 모르는 가족들을 만나게 될 거라고는 예상하지 못했다.

나이든 잔소리꾼조차 그에게 희미한 다정감과 흥미를 불러일으켰다. 그날 마레크는 무르와 몇 시간을 보냈다. 왜냐하면 그리샤가 같은 반 친구의 새해 파티에 껑충거리며 달려갔고, 레노치카는 또다른 시험을 망치러 출발했던 것이다.

노련하고 영리한 인간 마레크가 무르에게 던진, 언젠가 대작가가 받았던 스탈린상에 대한 질문은 매우 적절했다. 무르는 유쾌한 회상에 빠져들었다. 남편의 마지막 성공은 무르의 새로운 비상—인접 분야에서의 줄 이은 빛나는 성공—과 맞아떨어졌고, 모든 문학의 과정을 그 털북숭이 주먹 안에 쥐고 있었던 신비로운 장군과의 격렬한 연애, 남편의 비서, 절친한 친구의 남편, 어느 생물학 아카데미 회원, 그리고 기타 등등의 사람들과의 정사…… 이 모든 것의 목격자는 청교도적인 우수를 마음속에 간직한 채, 가녀리고 초인적으로 아름답고 연극하는 것처럼 항상 곱게 차려입는 이 여인을 사랑할 수 없음과 사랑하지 않을 수 없음으로 인해 깊은 절망을 느끼는, 찌푸린 얼굴의 딸 안나 표도로브나였다.

무르가 산만하고 선별적으로 이야기를 해댔고 이름이며 세세한 것들을 마구 지껄였음에도 마레크 앞에는 선명한 그림이 그려졌다. 게다가 많은 일들이 안나에게 들어 알고 있던 것이었다……

칭송받던 지도자보다 아주 조금 더 오래 산 후, 마지막으로 질투하는 동료들에게 천재적인 통찰력을 보여주고는 때를 잘 맞춰 대작가가 죽었다. 노보데비치 묘지의 무거운 회색 돌 아래에 그를 묻은 후 무르의 삶은 한동안 지루했다. 그럼에도 돈—원고료, 영화연극 원작료, 인세—은 셀 수 없이 많아서 강처럼 흘러들어왔다. 다른 사람이었다면 평온하게 살았겠지만 무르는 무엇 때문인지 불안해했는데, 연애도 싫증이 나고 밍밍해졌으며 욕구 또한 예전의 탄력을 잃어 쉰에서 예순 살까지는 지루한 시기였다. 이후에 무르는 이를 갱년기 탓이라고 설명했다. 그러나 그녀의 갱년기는 순조롭게 마무리되었다. 무르는 당시에는 드물었던 두 번의 작은 수술을 했는데, 유명한 배우 친구 베로치카가 자신의 의사를 소개해주어 회춘했다. 자연스러운 연애. 젊은 배우와의 눈부시도록 놀랍고 유례없는 연애. 마흔 살의 나이 차이. 모든 기록은 깨졌고, 모든 침대 시트는 구겨졌고, 친구들은 양로원과 병원에 있고, 몇몇은 최근에 유형생활을 하고 있는데, 그녀만은 살아서 봉긋 솟은 가슴과 작고 귀여운 엉덩이, 수리받은 목을 가지고 집시를 닮은 아름다운 청년과 만났다. 그의 젊은 부인은 현관에서 화가 나 정신을 못 차렸다. 모스크바는 웅성거리고, 삶은 진행되고……

여기서부터 잘못되기 시작했다. 배우 청년은 말도 안 되게 급속도로 술에 빠졌고, 친구들은 하나하나 쓰러져갔고, 딸 안나는 집을 나가 말라빠진 대학생, 무르가 어린 시절부터 싫어했던 유대인과 결혼했다. 물론, 유대인들이야 그냥 살아가도록 놔두라지, 가스실에는 보내지 말아야지, 그렇지만 결혼은 아니야……

'재밌네, 매우 재미있어, 도대체 이분은 날 누구라고 생각하는 거지?'라고 마레크는 생각했지만, 어떤 질문도 하지 않았다. 주의깊게 듣기만 했다.

과거의 모든 연인이 한 사람, 한 사람 죽었다. 장군들도, 문관들도, 민간인들도. 가장 유감스러운 것은 믿음직하고 성실한 열 살 어린 동생 에바의 죽음이었다…… 안나를 집으로 데려와야 했고, 카탸도 곧 이리로 보내졌다. 눈 깜짝할 새에 집안은 아이들로 가득찼고, 삶은 흥도 재미도 없이 보잘것없어졌다……

찻잔을 치우기 위해 어머니 방에 들어가며 안나 표도로브나는 아이들과 마찬가지로 행복해하는 무르의 모습에 주의를 기울였다. 어머니는 전투태세로 있었는데, 목소리는 평소보다 한 옥타브 낮게 가르랑거리고 눈은 두 배로 커졌으며 허리를, 그것이 가능하기나 하다면 더욱 꼿꼿하게 세웠다. 안나 표도로브나가 이런 순간에 어머니를 부르는 명칭이 바로 사냥을 나온 암호랑이였다.

마레크는 알 수 없는 미소를 지으며 앉아 있었다.

이 가족의 황홀한 마지막 밤이 지나고 있었는데, 안나 표도로브나는 여기에 최대한 소극적으로 관여하려고 노력했다. 그리샤는 가끔씩 마레크에게 매달렸다가 떨어져 내려오기도 했는데, 단지 도움닫기를 해서 뛰어올라 할아버지를 더 단단히 껴안기 위해서였다. 레노치카는 전속력으로 기말시험의 낭패에 다가가고 있었지만, 이 중대한 나날 동안 수업을 때려치우고는 최근에 나타난 할아버지 뒤를 그림자처럼 따라다녔다. 매혹적인 영국이 조국의 학문에 대한 입맛을 잃게 했기 때문에 레노치카는 내일 보는 시험에 대해서는 일말의 초조함도 가지지 않았다. 안나 표도로브나는 카탸를 쳐다보지 않으려고 노력했다. 그 얼굴 표정은 참을 수가 없었다.

열한시가 넘어 마레크는 모두에게 작별인사를 하고 무르를 들여다보았다. 그녀는 발바닥으로 보온 주머니를 꾹 누르고는, 텔레비전을 보며 초콜릿을 먹고 있었다. 한 종류의 만족감은 다른 종류의 만족감을 해치지 않는다. 이는 기본적인 원칙 중 하나다. 최근 삼십 년간 안나 표도로브나는 어머니가 보온 주머니를 사용하는 걸 반대했는데, 무르는 젊은 시절부터 따뜻하게 데워진 잠자리에 눕는 것이 습관이 되었고, 심지어 그 따뜻한 주머니가 그녀의 유일한 밤 친구가 아니었을 때조차도 그랬다.

마레크가 경의를 표하며 무르 앞에서 허리를 숙였고, 그녀는 아량을 베풀듯 삐뚤삐뚤한 글씨로 반절가량 쓴 좁다란 종잇조각을 꺼냈다.

"이건 자네에게, 친구여. 거기에 나한테 필요한 것들이 있어."

마레크는 쳐다보지 않고 종이 쪼가리를 주머니에 쑤셔넣었다.

"기꺼이……"

그는 노인들을 어떻게 대해야 하는지 알고 있었다.

마레크가 나가자 안나 표도로브나는 무르의 등뒤에 튀어나와 있는 쿠션을 바로잡으며 꾸물거렸다.

무르는 초콜릿이 묻어 있는 손가락을 핥더니 수수께끼 같은 미소를 지으며 자신만만하게 물었다.

"너 지금 봤지?"

"뭘요?" 안나 표도로브나가 놀라며, "제가 뭘 봤냐고요?" 하고 물었다.

"내 애인들이 나한테 어떻게 대하는지를 말이야!" 무르가 득의양양한 미소를 지었다.

'정신이 흐릿해져가는 초기 징후군.' 안나 표도로브나가 단정했다.

아이들은 마레크를 호텔까지 배웅하고 싶어했다. 그는 멀지 않은 곳에 머물렀는데, 예전에 발축호텔이 있던 곳으로, 동화에서 하룻밤 만에 이쪽 해변에서 저쪽 해변으로 놓이는 크리스털 다리처럼 최근 몇 년간 뭔가 굉장히 호화스러운 곳으로 순식간에 바뀌었다.

"아니, 우리 이미 작별인사는 한 걸로 할게."

마레크가 예상치 못하게 단호히 말하자, 무엇이든 졸라서 얻어내는 데 익숙한 그리샤가 바로 꼬리를 내렸다.

마레크는 목에 못 봐줄 정도로 붉은 스카프를 감고는 닷새 전에 처음 알게 된 거라고는 여겨지지 않을 만큼 자연스럽게 아이들에게 마지막 키스를 했다. 그러고 나서 가슴 쪽 털이 닳아빠진 안나 표도로브나의 털 코트를 옷걸이에서 내리면서 단호한 어조로 말했다.

"이제 마지막 산책을 좀 하자고."

안나 표도로브나는 바로 직전까지 그와 밖으로 나가는 건 생각도 안 했지만 무슨 이유에서인지 승낙했다. 그녀는 한마디도 하지 않고 외투에 몸을 끼워 넣고는 선물로 받은 오렌부르크산産 숄*을 걸쳤다. 그녀는 환자들이 가져온 선물—초콜릿 상자, 책, 돈봉투—은 받았다. 받고서는 소심하게 감사를 표했다. 그런데 수술에 대한 값은 정해놓는 법이 없었는데, 돌아가신 아버지가 했던 것과 똑같은 행동이었다. 비록 이에 대해 그녀는 전혀 알지 못했지만.

길거리에서 마레크는 안나의 팔을 잡았다. 그들은 라브루신스키 골목에서 오르딘카 거리로 나왔다. 깨끗하고 밝았으며 인적이 드물었다. 가끔 지나가는 사람들이 밝은 재킷 하나만 입고 서두르지도 않는 이 마른 외국인을 힐끗 쳐다보곤 했다. 그가 데리고 산책 나온, 두꺼운 외투에 싸인 나이 지긋한 여자 시민은 가정부라기엔 너무 인텔리 같고 아내라기엔 옷차림이 형편없었다.

"정말 아름다운 도시다. 이 도시가 왠지 모르게 내 기억 속에는 음침하고 더러운 걸로 남아 있었어……"

"다양한 모습들이 있죠." 안나 표도로브나가 정중하게 응대했다.

'당신은 뭣 때문에 온 거야?' 그녀는 생각했다. '모든 걸 헤집어놓고, 모두를 동요시키려고?'

하지만 이 말을 입 밖으로 내지는 않았다.

"어디라도 가서 앉자." 마레크가 제안했다.

"어디로? 이 밤에?" 안나가 놀랐다.

"온통 밤에 여는 집들이야. 여기 멀지 않은 곳에 근사한 레스토랑이 있어. 어제 거기서 애들이랑 점심도 먹었는데……"

"내일 동틀녘엔 일어나야 하잖아." 안나 표도로브나가 에둘러 말

---

* 일반적으로 가볍고 따뜻한 고급품으로 알려져 있다.

했다.

마레크는 이른 비행편으로 떠나기로 되어 있었고, 그녀도 여섯시 반에 일어나야 했다. 내일에 대한 참고가 그녀를 안심시켰다. 그가 떠나면 모든 것은 제 궤도에 돌아가고, 집안의 혼란도 끝날 것이다.

"내가 아이들을 여름에 그리스로 초대하고 싶은데. 반대하진 않지?"

"응, 그래……"

"당신은 천사야, 아넬랴…… 그리고 내 최대의 손실이고……"

안나 표도로브나는 침묵했다. 무엇 때문에 그를 따라 나온 것인지! 오랫동안 집안에서 복종하는 것이 습관이 된 탓이다…… 거절했어야만 했는데……

마레크는 겉으로 드러나진 않았으나 안나가 화난 것을 느꼈고, 얇은 장갑으로 그녀의 털이 폭신한 벙어리장갑을 쥐었다.

"안나, 당신 생각에는 내가 아무것도 보지 못하고 느끼지 못하는 것 같지? 엄청나게 고된 이민의 경험…… 나는 세 번이나 겪었어. 폴란드어를 했다가 러시아어를, 러시아어를 했다가 히브리어를, 마지막 십오년은 영어를…… 매번 새로운 삶을 살았지, 알파벳에서부터…… 많은 일이 있었지. 전쟁에 나가기도 하고, 굶주리기도 하고, 감방에 가기도 하고……"

얼마나 사랑스러운 소년이었던가. 그는 혈기 왕성하게 개 같은 결혼의식을 치르는 그녀 어머니 주변의 강한 수컷들과는 조금도 닮은 점이 없는 대학교 3학년생이었다. 안나는 대학원생이라서 의무적으로 학부생 동아리를 이끌었고, 그들의 사랑은 망막의 원추세포와 간상세포 사이에서 피어났다. 그녀는 오랫동안 철저히 모든 사람한테 둘의 관계를 숨겼다. 마레크가 그렇게 어린 것이 부끄러웠다. 그러나 바로 이 소년다움, 공격적인 육체성의 부재가 무의식적으로 안나를 끌었다. 그의 새하얀 가슴에는 털이 없었고, 왼쪽 젖꼭지 근처에는 점들이 성좌—큰곰자리의 국자—를 이루고 있었다. 그는 그렇게 그녀의 인생에서 유일한 남자로 남았지만, 그녀는 오직 그 하나뿐이었다는 사실에도, 하필이면 그였다는 사실에도 전혀 아쉬움을 느끼지 않았다. 하지만 안나 자신에게 결혼은 우연이라는 것을 항상 알고 있었다. 열여섯 살 즈음에 그녀는 결코 결혼하지 않으리라 마음먹었다. 어머니의 침실에서 들리는 가르랑거리는 목소리와 흥분된 웃음, 늘어지는 신음소리만큼 역겨운 것은 없었다…… 끊임없는 발정, 발정기…… 순간 안나는 섹스의 지울 수 없는 더러움에 대해 느꼈던 유년기의 강렬한 감정 속에 빠졌다. 그때는 어떤 부부든 어색하게 바라보곤 했는데, 그들이 땀을 흘리고 신음하며 이 비위 상하는 짓을 하고 있는 장면이 바로 떠올랐기 때문이다…… 이러한 모든 것이 부재한 상태에서 희고 깨끗한 수녀가 되는 것은 얼마나 아름다운가…… 그러나 어찌되었건 카탸가 있는 것은 얼마나 행운인지……

마레크는 무언가를 말하고 또 말했는데, 대부분은 눈처럼 날려서 지나갔다. 그러나 갑자기 안나는 그가 더듬거리는 말에 정신이 들었다.

"……마치 저주가 축복으로 바뀌는 것 같은 진정한 기적. 이 괴물, 이기주의의 화신, 스페이드의 여왕, 그녀가 모든 걸 파괴하고, 모든 걸 매장시켜버렸어…… 당신은 어떻게 이걸 참는 거야? 당신은 완전히 성녀야……"

"내가? 성녀라고?" 안나 표도로브나는 가다가 기둥을 만나기라도 한 것처럼 멈춰 섰다. "나는 그분이 두려워. 의무감도 들고, 동정심도 들어……"

마레크가 그녀 쪽으로 얼굴을 가까이 들이대자, 그의 노화된 피부에는 일 년 내내 그을린 피부 아래 얇게 파인 잔주름과 어두운색의 노인네 같은 주근깨가 있어 그가 결코 젊지 않다는 사실이 눈에 띄었다.

"음, 어떻게, 내가 어떻게 당신을 도울 수 있을까?"

그녀는 잿빛 벙어리장갑을 흔들었다.

"집까지 바래다줘……"

마레크는 스비블로보*에 있는 친구가 전화하는 것보다도 더 자주 요하네스버그에서 전화를 걸었다. 그리샤는 그의 전화를 간절히 기다렸는데, 솔개처럼 내달려 전화 수화기를 덮치고는 아무에게나 가리지 않고 소리쳤다. "마레크 할아버지! 맞죠?" 레노치카는 영어 공부만 했고 유학 떠나는 것을 가늠해보았다. 이전까지는 없었던 일처리의 능숙함이 레노치카 안에서 갑자기 눈을 떴고, 그녀는 영리하면서도 까다롭게 미래의 학업 장소를 선택했다. 심지어 항상 평온하고 약간 잠이 덜 깬 듯한 카탸도 아버지의 등장과 어떻게든 관련된 뭔지 모를 변화가 일어나길 기다렸고, 가족을 떠날 희미한 가능성에 대해 이야기하기 시작한 자신의 비밀스러운 연인에게도 조금 시들해진 것 같았다.

마레크는 열정적으로 자신의 크리스마스 약속 지키기에 착수했다. 첫번째 물꼬를 튼 것은 완전히 정형수술을 받은 듯한 모양을 한 무르

---

* 모스크바의 북동부 지역.

의 구두였다. 그 구두는 매우 기묘하게 생겼는데, 아마도 그만큼 편한 것 같았다. 구두는 마레크의 오랜 친구이자 이스라엘 대사관의 비서인 듯한 사람이 집으로 가져왔다. 무르는 이것을 신어보지도 않고 '흠흠' 하는 소리만 냈다. 구두는 학생용 굽에 노인들이 신을 만한 고무 소재로 되어 있었는데, 무르는 지난 칠십 년 동안 가능한 한 최신 유행의 화려한 굽이 달린, 발등이 드러나는 구두만 신어왔다.

구두 한 켤레에 이어 작은 컴퓨터 두 대가 왔는데, 이 컴퓨터의 사이즈는 가격과 반비례했다. 마레크는 그리샤를 위한 컴퓨터 게임에도 신경을 썼다. 레노치카는 그가 떠나기 전에 남겨놓고 간 아마추어 영화 카메라에서 헤어나지 못했고, 아직 카메라의 파인더를 통해서 열리는 세계의 독특한 원근감에 도취되기도 전이었지만, 이 새로운 선물은 이미 그녀를 재촉하며 얼른 그것의 마법 같은 도움으로 할 수 있는 모든 것을 익히기를 요구했다.

마침내 마레크가 떠난 후 육 주가 지나 테살로니키에서 마레크의 부인의 가까운 친구뻘 되는 에반겔리야 다울인지 하는 이가 서명을 한 초청장이 도착했다. 마레크의 부인에 대해 알려진 것은 그녀에게 이 초청장을 보낸 그리스인 친구가 있다는 것뿐이었다……

초청장은 그들이 6월에서 9월 사이에 아무 때나 출발할 수 있도록 되어 있었다.

그리샤는 사각형 창이 나 있는 봉투를 본 것만으로도 하늘을 나는 듯 황홀한 행복감에 젖어들었고, 자신의 금속 기계를 끌고 부엌으로 향하는 무르와 마주치기 전까지 이 봉투를 들고는 집 전체를 뛰어다녔다. 그리샤는 무르의 얼굴에 봉투를 들이댔다.

"무르 증조할머니, 보세요. 우리가 그리스에, 세리포스섬에 간다고요! 마레크 할아버지가 우릴 초대했어요!"

"말도 안 되는 소리!"

무르가 콧방귀를 뀌었다. 그녀는 나이 때문에 봐주는 법이 결코 없었다. "너희는 아무데도 못 가."

"가요, 간다고요!" 흥분하여 폴짝거리면서 그리샤가 소리쳤다.

그러자 무르가 보행기의 팔 받침대에서 손을 떼고, 여덟 살짜리 증손자 코앞에 선명한 붉은색으로 칠한 손톱이 힘차게 앞으로 뻗은 엄지를 중지와 검지 사이로 근사하게 내밀었다. 다른 손으로는 이런 거친 공격을 받을 걸 예상 못해 얼이 빠진 소년의 손에서 민첩하게 초청장을 빼앗았다. 그녀는 받침대에 팔꿈치를 대고서 봉투를 구긴 다음 잘 뭉친 눈처럼 단단히 구겨진 종이뭉치를 현관으로 곧장 던져버렸다……

"마녀야! 마녀!" 그리샤가 크게 소리를 지르며 문으로 내달렸다.

카타는 아들과 할머니 사이에서 어떤 일이 벌어졌는지 알지 못한 채 방에서 뛰쳐나와 아들을 붙잡았다. 그리샤는 뭔가 종이를 펴면서 예기치 못한 단어들을 계속해서 큰 소리로 내뱉었다.

"비열한 마녀! 더러운 개년!"

"네 후레자식을 데리고 들어가렴, 아가. 아가, 애들은 교육을 시킬 필요가 있단다." 애처롭게 눈꺼풀을 아래로 내린 무르는 조용히 손녀를 꾸짖으며 말했다. 그녀는 바퀴를 삐걱거리며 부엌으로 갔다.

카타는 울부짖는 그리샤가 펴고 있는 종이뭉치가 뭔지 아직도 알아채지 못한 채 아들을 방으로 끌고 들어갔고, 방안에서는 오랫동안 흐

느낌이 흘러나왔다.

그날 안나 표도로브나는 평소보다 지친 채 병원에서 돌아왔다. 일 자체보다 사람을 훨씬 더 지치게 하는 것들이 있다. 매우 위중한 상태의 소녀가 왔었다. 소아과에는 자격과 경력이 적합한 의사가 없었다. 그리샤 또래의 소녀는 파편으로 인한 상처를 입었다. 수술은 매우 까다로웠다.

혈압측정기를 케이스에 집어넣으면서 안나 표도로브나는 생각에 잠겼다. 어머니는 어디에서 그런 에너지가 생기는 걸까? 그런 혈압이면 졸음증과 무기력감을 느껴야만 하는데…… 그런데 오히려 공격적이고 날카롭게 반응한다. 분명히 무언가 다른 메커니즘이 작동하고 있을 것이다. 그래, 장수학은……

“넌 내 말을 안 듣는구나! 무슨 생각을 하는 거야? 난 반대야, 내 말 듣고 있는 거니? 난 그리스에 가본 적이 없는데! 너희는 아무데도 못 가!” 무르가 안나 표도로브나의 소매를 잡아당겼다.

“네, 그럼요, 물론이죠. 당연해요, 엄마.”

“뭐, 당연하다고? 엄마라고 부르지도 말아라!” 무르가 꽥꽥거리며 소리를 질렀다.

“모든 게 원하시는 대로 될 거예요.” 달래는 듯한 말투로 안나 표도로브나가 말했다.

‘아니요, 사랑하는 엄마, 이번에는 아니에요.’ 안나 표도로브나는 단단히 마음을 먹었다. 일생 동안 처음으로. ‘아니요’라는 단어를 소리 내어 발음하진 않았지만, 이 단어는 이미 존재하고 있고 연약한 싹처럼 껍질을 뚫고 나왔다. 그녀는 단지 이 일에 관해 사전에 아무 이야기도 없이 어머니를 가족의 반항이라는 진실 앞에 세우고자 했다. 아이들이 떠났다는 사실이 밝혀졌을 때, 이 투명한 벌레가 어떤 소란을 일으킬지는 추측만 할 수 있을 뿐이었다.

6월 초 즈음에 국외용 여권이 준비되었고 비자를 받았다. 6월 12일자 아테네행 표를 예약했다. 안나 표도로브나의 치밀한 전략에 따라 바로 이날 다차에 가기로 정해졌다. 가장 사소한 사항에 이르기까지 모든 것을 고려했다. 아침에 카탸는 아이들과 셰레메티예보공항으로 갈 텐데, 카탸는 항상 할머니가 도착할 때까지 미리 준비를 해놓기 위해 다차로 먼저 출발했으므로 절대 의심받지 않을 것이다. 무르와 안나 표도로브나가 다차로 타고 갈 택시도 12일로 예약했다. 안나 표도로브나는 이 불법적인 도주를 다차에 갈 채비로 철저하게 위장해, 이동하는 동안의 소란스러움이 충격을 좀더 완화해주길 바랐다. 그리샤와 레노치카는 그저 기대에 부풀어 있었는데, 특히나 그리샤가 그랬다. 반半그리스인인 할아버지가 아주 때마침 나타난 것이다. 그리샤의 반 친구들 모두가 이미 외국에 나가본 적이 있어서, 하마터면 그리샤는 크라스나야 파흐라보다 더 먼 곳으로는 나가본 적이 없는 유일한 학생이 될 뻔했다. 흰 요트 뱃전에 서 있는 흰 곱슬머리의 할아버지 모습이 전 학급에 공개되었고, 이것은 아버지의 부재를 성공적으로 보상해주었다.

떠나기 전날 밤 안나 표도로브나와 카탸는 거의 잠을 이루지 못했다. 아침 무렵 마레크가 전화를 걸어 그리스에는 알다시피 모든 게 있으니 필요 없는 잡동사니들은 챙기지 말았으면 좋겠다고, 더는 기다릴 수가 없다고, 공항에 마중 나가겠다고 말했다.

일곱시 반에 무르는 커피를 달라고 했다. 모닝커피에는 우유를 탔고, 식사 후의 커피는 블랙이어야만 했다. 안나 표도로브나는 무르가 옷 입는 것을 도와주고서 커피를 끓였다. 그러고 나서 냉장고의 우유팩이 비어 있는 것을 발견했다. 이건 레노치카의 칠칠치 못한 행동으로, 레노치카는 항상 냉장고에 빈 팩을 집어넣곤 했다. 시간은 여덟시께가 되어가고 있었다. 셰레메티예보공항으로 가는 택시가 여덟시 반에 예약되어 있었다.

안나 표도로브나는 푸른색 실내용 원피스를 입고 맨발에 슬리퍼를 신고서 집에서 빠져나와 오르딘카 거리로 우유를 사러 갔다. 이건 어떻게 해도 십 분도 안 걸리는 일이다. 그녀는 처음에는 가볍고 빠른 발걸음을 내디뎠지만 갑자기 느려졌다. 평소와 다른 아침이었다. 뿌옇고 약간은 푸르스름한 빛, 꼭 푸른 눈동자의 홍채같이 아롱진 하늘, 가끔씩 들르곤 하는 아늑하고 둥근 '모든 슬픈 이들의 성당' 근처 잘 정돈된 작은 공원의 맑은 수풀들. 안나는 서두를 데가 없는 사람처럼 천천히 편안하게 걸었다. 평생을 오르딘카의 상점에서 일한 타타르인 점원 갈랴는 상냥하게 인사를 했다. 약 십오 년 전에 안나 표도로브나는 그녀의 시어머니를 수술한 적이 있었다.

"소피야 아흐메토브나는 어때요?"

금니가 그렇게 많은데 놀랍게도 그 미소가 어찌나 쑥스러워하고 어린아이 같은지……

"완전히 귀가 먹어서 아무것도 못 들어요. 눈은 보여요!"

안나 표도로브나는 차가운 우유팩을 들었다. 십오 분 후에 아이들이 떠나고, 두 시간이 더 지나서야 무르는 아이들이 떠났다는 사실을 알게 될 것이다. 그때는 아마도 이미 파흐라에 있을 것이다. 안나 표도로브나는 무르의 눈이 휑해지고, 조용하고 쉰 목소리가 유리가 쨍그랑 하는 듯 날카롭게 올라가 고함치는 것을 상상했다. 깨진 그릇의 파편들. 가장 비열하고 참을 수 없는 여편네의 욕설…… 그러고 나서는 별안간 이 일이 이미 일어났다는 생각이 들었다. 그녀, 즉 안나는 힘없는 손을 들어 화장을 한 늙은이의 따귀를 기분좋게 힘껏 갈긴다. 이후에 어떻게 될지는 아무래도 상관없다.

기적 같은 자유와 승리, 축제의 기분이 공중에 떠 있었고, 빛은 아주 극도로 선명했고, 매우 열띠게 선명했다. 그러나 그때 빛이 꺼졌다. 이것을 안나 표도로브나는 인식하지 못했다. 그녀는 손에서 차가운 우유팩을 놓치지 않은 채 앞으로 넘어졌고, 얇은 슬리퍼가 그녀의 강하고 독일인같이 튼튼한 발에서 벗겨졌다.

이 무렵 무르는 이미 사나워져 있었다.

"이 집은 놈팡이들밖에 없나보군! 정말로 우유 한 병 사 올 수가 없는 거야?"

그녀의 목소리는 분노로 인해 투명하고 날카로웠다.

카타는 시계를 보았다. 택시가 올 때까지 십오 분이 남았다. '어머니가 어디로 사라진 거지?' 그녀는 알 수가 없었다. 그러나 어찌할 수가 없어 우유를 사러 뛰어나갔다.

익숙한 점원 갈랴가 인도를 쓸고 있었다. 드문 인파가 가게 입구에 모여 있었다. 거기, 인도에 별무늬가 박혀 있는 푸른 원피스를 입은 여자가 누워 있었다. 응급구조대가 이십 분가량 지나고 도착했지만, 이미 그녀에게는 해줄 수 있는 게 아무것도 없었다.

카타는 여전히 차가운 우유팩을 가슴에 끌어안고서 어머니의 신분증을 가져오라고 보내지기 전까지 '우유, 우유, 우유……'를 혼자서 되뇌었다. 그리고 집이 가까워져 오자 이제는 '신분증, 신분증, 신분증……'을 되풀이하고 있었다.

집에서 카탸는 시끄러운 소동과 맞닥뜨렸다. 미리 정해둔 대로 그들을 아래에서 이십 분가량 기다리던 택시기사가 셰레메티예보공항으로 가야 하는 사람들이 왜 내려오질 않나 보려고 집으로 올라온 것이다.

아침 산책 전의 강아지처럼 참지 못하고 떨고 있는 그리샤가 행복에 겨운 목소리로 소리쳤다.

"만세! 우린 셰레메티예보로 간다고!"

무르는 금속 보행기로 비틀거리면서 현관으로 나가더니, 자신을 속이려 한다고 추측해버렸다. 그녀는 커피에 대해서도, 우유에 대해서도 잊어버렸다. 택시기사에게조차 살면서 들은 적이 없을 표현을 해대면서 누구든 아무데도 못 간다고, 택시기사는 맞는 번지수를 찾아 썩 물러가라*고 분명히 말했다. 이에 연극대학을 졸업한 젊은 택시기사 청년은 순수하게 전문가적인 입장에서 흥분했으며, 이 예기치 못한 연극적 상황에 도취되어 벽에 몸을 기댔다.

"이 ×× 같은 닭은 어디 있는 거야? 누구를 속이려는 거야?" 무르가 삐쩍 마른 손을 들어올리자 오래된 값비싼 기모노의 소매가 흘러내리면서 앙상한 뼈가 드러났는데, 만일 에스겔서를 믿는다면 머지않아 이 뼈에는 새로운 살이 붙게 될 것이다.**

---

* 중의적인 표현으로, 매우 심한 성적 욕설이다.

** 에스겔서 37장 5~8절. "주 여호와께서 이 뼈들에게 이같이 말씀하시기를 내가 생기를 너희에게 들어가게 하리니 너희가 살아나리라. 너희 위에 힘줄을 두고 살을 입히고 가

카탸는 무르에게 다가가 힘이 빠진 손을 들어올려 아직 화장하지 않은 늙은이의 따귀를 기분좋게 힘껏 갈겼다. 무르는 보행기에서 흔들거리더니, 곧 조용해져서는, 넓적다리가 부러진 이후 최근 십 년간 서서 이 집안의 삶 전반을 지휘했던 사령선교司令船橋***의 난간을 붙잡으며 분명하고 낮게 말했다.

"뭐? 뭐지? 어쨌든 내가 원하는 대로 될 거야……"

카탸는 그녀의 옆을 지나 부엌으로 가서 우유팩을 뜯어 식은 커피에 부었다.

---

죽으로 덮고 너희 속에 생기를 넣으리니 너희가 살아나리라. 또 나를 여호와인 줄 너희가 알리라 하셨다 하라. 이에 내가 명령을 따라 대언하니 대언할 때에 소리가 나고 움직이더니 이 뼈, 저 뼈가 들어맞아 뼈들이 서로 연결되더라. 내가 또 보니 그 뼈에 힘줄이 생기고 살이 오르며 그 위에 가죽이 덮이나 그 속에 생기는 없더라."

*** 배의 상갑판에 있는 선루나 갑판실 위로 한 층 높게 위치한 구조물. 선장이 지휘하는 장소.

# 류드밀라 울리츠카야 창작의 원천 —사랑, 용서 그리고 양심*

## 러시아의 불편한 양심 류드밀라 울리츠카야

2022년 2월 24일 시작되어 일 년 반 넘게, 오늘까지도 계속되는 러시아의 우크라이나 침공은 21세기 현대사의 비극이다. 류드밀라 울리츠카야의 「소네치카」를 다시 새롭게 번역하며 이 '전쟁'—러시아 당국이 우회적인 표현으로 '특수 군사작전'이라 명명한—이 떠오른 것은 우선 이 작품의 작가가 러시아인이기 때문이겠지만, 그보다 직접적으

* 다음 문헌들을 참고했다. 박종소 · 최종술, 「거대한 역사 속 작은 인간들의 용서와 화합의 위대한 서사」, 『소네치카』, 비채, 2012, 460~469쪽; 박종소, 「A. 푸슈킨과 Л. 울리츠카야의 동명 소설 '스페이드의 여왕'의 비교에 관한 소고」, 『러시아 연구』, 서울대학교 러시아연구소, 2013, 51~76쪽.

로는 작가가 러시아 신문에 기고한 글 때문일 것이다.

"한 사람, 그리고 그에게 충성하는 추종자들의 광기가 국가의 운명을 이끌고 있다. 오십 년 후 역사 교과서에 어떻게 기록될지는 다만 추측할 수 있을 뿐이다. 고통과 두려움 그리고 부끄러움, 이것이 오늘 느끼는 감정이다."(〈노바야 가제타〉, 2022년 2월 25일)

작가의 정치적 입장이 느껴지는 이 날카로운 메시지가 기존에 그녀의 작품을 읽었던 독자에게는 어쩌면 낯설게 느껴질 수도 있을 듯하다. 특히 2012년 박경리문학상을 계기로 번역 출간되어 울리츠카야를 우리나라에 소개하는 역할을 했고, 이 소설집을 통해 새로 출간되는 중편소설 「소네치카」와 단편소설 「스페이드의 여왕」에서는 일견 사회비판적인 성격이 쉽사리 눈에 띄지 않기 때문이다. 그런데 러시아의 사회정치적 사건에 대한 작가의 공개적인 비판이 이번이 처음은 아니었다. 2014년 4월, 러시아가 크림반도를 병합한 후 우크라이나의 수도 키이우에서 '우크라이나와 러시아: 언론 자유의 가능성' '병합 이후 크림반도의 단기, 중기, 장기적 전망' 등을 주제로 열린 「러시아와 우크라이나의 대화」에서 작가는 "오늘날의 정치는 러시아를 야만인들의 나라로 변화시키고 있다"며 서슴지 않고 정치적 비판의 목소리를 높였다. 이러한 맥락에서 보면 러시아의 우크라이나 침공 후 보여준 강력한 비판은 예측 가능한 자연스러운 것이기도 하다.

그렇다면 작품과 작가의 목소리 사이의 간격은 예술작품과 현실 작가 사이에 놓인 크레바스인가? 아니면 우리가 빙산의 일각을 바닷물 속에 잠긴 빙산 전체로 착각하듯 작품의 깊이를 오해한 것인가? 잠시 작가의 전기를 살펴보고, 작품세계로 들어가 이 문제를 검토해보자.

울리츠카야는 1943년 2월 21일 모스크바 시민이었던 부모가 제2차 세계대전을 피해 지내던 우랄 연방지구 서쪽 바시키르 자치공화국에서 태어났다. 2012년 저작 『성스러운 쓰레기』에서 밝혔듯 그녀의 가정은 러시아에 동화된 유대인 가정이었다. 그녀는 「소네치카」의 주인공 소냐처럼 도서관이 자신에게 가장 큰 스승이었음을 밝힌다. 제2차세계대전이 끝나고 가족과 함께 모스크바로 돌아온 그녀는 1960년대 모스크바국립대학교 유전학 및 생화학부에 진학한다. 졸업 후 소비에트 연방 과학 아카데미의 일반 유전학연구소에서 약 이 년간 일하던 울리츠카야는 지하출판물 작가들에게 타자기를 빌려주고, 또 그들의 작품을 소지한 것이 밝혀져 일자리를 잃었다. 그후 결혼과 두 아들의 출산 등으로 약 구 년의 시간을 보낸 후, 문학으로 자신의 열정을 돌리게 된다. 그녀는 시나리오를 쓰고, 아동극을 위한 각색을 하고, 한때 유대인 극장에서 상연작을 선정하는 문학 감독을 맡기도 했다. 또 몽골의 시를 번역하기도 하고, 자신의 산문을 창작하면서 작가로서의 재능을 펼치기 시작한다. 그녀는 이미 1980년대에 중단편소설들을 창작했지만, 1990년대 초 소비에트가 붕괴한 후에야 본격적인 발표와 출판을 시작했다.

작가의 이력에서 흥미로운 점 하나는 작가의 문학적 성공과 커리어가 러시아보다는 프랑스, 이탈리아, 독일 등 유럽과 밀접한 관련을 맺고 있다는 사실이다. 1992년 문학 잡지 〈신세계〉에서 연재를 시작해 출세작이 된 「소네치카」는 러시아보다 일 년 먼저 프랑스에서 번역 출판되었고, 이 작품은 그녀에게 첫번째 문학상인 프랑스의 메디치상을 안겨주었다. 이 상을 시작으로 울리츠카야는 러시아 부커상 등 자국의 문학상은 물론 주세페 아체르비 상(이탈리아), 세계문학상(중국), 박경리문학상(한국), 유럽문학상(오스트리아), 지크프리트 렌츠 상과 귄터 그라스 상(독일) 등 수많은 상을 받았다. 2014년에는 프랑스 최고 권위의 레지옹 도뇌르 훈장을 받아 수훈식에서 눈물을 흘리기도 했다. 그녀의 작품은 전 세계 30개 이상의 언어로 번역되었고, 생존하는 러시아 작가 중 해외에서 가장 많이 읽히는 작가로도 평가받는다.

### 「소네치카」와 「스페이드의 여왕」

이 소설집에는 류드밀라 울리츠카야의 두 작품이 실렸다. 작가에게 명성을 가져다준 첫번째 작품 「소네치카」는 동명의 주인공의 삶에 대한 중편 서사다. 책벌레인 주인공 소네치카를 중심으로, 그녀의 남편 로베르트 빅토로비치, 딸 타냐, 그리고 딸의 친구이자 남편의 애인이 되는 야샤의 이야기가 전개된다. 시간이 선적으로 흐르는 작품의 전반부에는 책을 사랑하는 소네치카에 대한 소개와, 로베르트와의 만남이 위치한다. 외모에서 그다지 매력적인 면이 없었던 소네치카는 도서관에서 일하던 중 1930년대 초반 프랑스에서 고국 러시아로 돌아온 유대인 화가 로베르트를 만나 결혼한다. 소네치카가 전문학교를 갓 졸업하고 사회생활을 막 시작한 반면, 로베르트는 프랑스에서 이미 예술가로서의 명성을 얻은 후 알 수 없는 이유로 귀국하여 오 년간의 수형생활을 마치고 보호관찰 기간에 있는 중년의 남성이었다. 이들은 이후 함께 세계대전과 전후의 궁핍한 시절을 겪으며 딸을 키운다. 딸 타냐의 성장기가 작품의 중반을 구성하며, 동시에 딸의 동급생인 야샤가 등장한다. 공산 혁명으로 인한 불행한 가족사를 갖고 있는 야샤는 소네치카의 집으로 들어와 생활하지만, 이후 노쇠한 로베르트의 젊은 연인이 되고, 말년에 이른 화가의 예술적 창작에 영감을 불어넣는 뮤즈가 된다. 소네치카는 뒤늦게 남편과 야샤의 관계를 알게 되어 절망하지만, 곧 그들의 관계를 인정하고 야샤를 가족으로 받아들여 새로운 가족 관계가 형성된다.

두번째 작품 「스페이드의 여왕」은 러시아의 대표적 소설가이자 시인인 알렉산드르 푸시킨의 작품과 동명의 소설로, 60세의 안과의사 안나 표도로브나가 90세의 어머니인 노파 무르, 딸 카탸, 손녀, 손자와 한집에 살면서 겪게 되는 이야기다. 이 작품에서 노파 무르의 삶의 편력은 역사를, 안나 표도로브나와 그 자식, 손주들이 살아가는 삶은 현재를 담당하며 통시적 시간축과 공시적 시간축의 결합을 보여준다. 삼십 년 만에 나타난 안나의 전남편 마레크가 자신의 딸 카탸와 손녀, 손자를 그리스로 초대하면서 안나 표도로브나의 현재적 삶은 새로운 변화를 맞이하는 듯 보인다. 그녀는 육십 평생 처음으로 어머니 몰래 아이들을 해외로 보낼 계획을 세운다. 그러나 평생을 서유럽과 러시아로 옮겨다니며 자녀와 집안 살림은 등한시한 채, 예술과 문학계의 유명 인사들, 고위급 공산당원들과 자유분방한 성적 관계를 맺으며 삶을 누렸던 노파 무르는 그 계획조차 무산시킨다. 자녀들을 공항으로 출발시키기 직전 무르의 우유 심부름을 나간 딸 안나 표도로브나가 길에서 숨을 거두기 때문이다.

이 두 작품은 강렬한 여성 인물들과 서사 덕분에 페미니즘적인 소설로 읽히기도 하며, 한편으로는 사회와 가정에 내재화된 폭력에 무감각해진 채 소비에트 시대를 살아내는 연약한 영혼들의 내밀한 이야기로 읽히기도 한다. 그러나 그보다는 울리츠카야의 작품이 일반적으로 거대한 역사의 수레바퀴에 밟히면서도 끈질기게 살아남는 인간의 존엄성과 가족의 의미에 대한 인류 보편의 믿음을 증언한다고 평가되듯, 이 두 작품 또한 거대한 소용돌이, 압제의 역사와 그 파고를 넘어 살아가는 개인의 서사 속에서 개인과 역사의 관계를 질문하며, 특히 역사의 질곡을 이겨내며 연약하지만 신비롭게, 때로는 장엄하게 살아가는 개인의 위대함을 예찬하는 것으로 읽을 수 있다.

### 러시아 역사의 격동기, 러시아 문학의 격변기

울리츠카야의 작품이 발표되기 시작한 1980년대 말부터 1990년대 초는 소비에트연방의 해체에 따른 러시아 역사의 격변기이자, 동시에 공산주의 정치체제의 와해라는 세계사적 차원에서의 대변화가 일어난 시기였다. 이것은 곧 문학에도 반영되어, 이 시기의 러시아 문학은 소비에트 문학의 원칙으로 반세기 이상 준수되어온 소위 당성, 인민성, 계급성을 내용으로 하는 '사회주의리얼리즘'으로부터 변화, 전이, 전복의 과정을 겪게 된다. 한 시대를 통제했던 문학적 규범과 원칙이 사라진 자리에는 무엇이 자리하게 되었는가? 그로부터 삼십여 년의 문학적 상황은 일정한 지배적 경향성이 부재하며 모순성과 다양성, 극단성과 다종성의 혼재로 파악하는 것이 타당해 보인다.

그럼에도 불구하고 이 기간 동안 러시아 문학의 흐름은 크게 두 방향으로 대별되어 전개된다고 할 수 있다. 첫째, 사회주의리얼리즘에 의해 그 명맥이 단절되었던 19세기 비판적 리얼리즘 전통의 복원이 그것이다. 신감상주의, 신사실주의, 자연주의 등으로 지칭되는 1980~1990년대 러시아 문학의 새로운 흐름은 푸시킨과 고골로 그 기원이 거슬러올라가는 비판적 리얼리즘으로의 귀환이었다. 이 경향은 소비에트 시대의 자잘한 일상을 숨김없이 드러내고, 그 속에서 살아가는 사람들의 소시민성을 사실적으로, 때로는 그로테스크하게 폭로한다. 그러나 한편으로 또다른 새로운 경향이 출현하게 되는데, 둘째, 포스트모더니즘의 출현이다. 이 경향은 러시아 문학의 전통적인 주제, 특히 19세기 러시아 문학의 보편적 물음으로 자리했던 신과 진리, 삶과 죽음, 삶의 의미 등과 같은 '영원의 주제'로부터 벗어난 모습을 보인다. 즉 이러한 새로운 미학적 경향성의 추구는 소위 '진지한 문학'으로서의 러시아 문학이 추구했던바, 내용을 형식보다 우위에 두고, 의미와 이념을 텍스트 내에서 그것을 구현하는 방식보다 중시했던 전통과의 단절을 의미한다. 나아가 '절대적' 진리와 이상이 부분적이고 '상대적' 진리와 이상으로, 가치체계의 변화가 일어남을 보여준다.

이렇듯 상반되어 보이는 두 경향성 중 일방적으로 어느 한쪽이 우위를 드러내고 있다고 판단하기는 어려울 듯하다. 작가에 따라 정도의 차이는 보이지만, 여전히 작가의 죽음 내지 작가와 주인공의 경계가 무화되는 서구적 의미의 포스트모더니즘이 "시인은 예언자" "시인은 민중의 메아리"(푸시킨)이며 "러시아에서 시인은 시인 이상이다"(옙투셴코)라는 굳건한 의식을 드러내는 전통적인 러시아의 작가관을 해체했다고 보기는 어렵기 때문이다. 20세기 초 모더니즘과 아방가르드를 거치면서도 견고히 그 정체성을 유지한 이러한 작가-시인관은 포스트 소비에트 문학에서도 일정한 영향력을 행사하고 있다. 더불어 포스트모더니즘의 유희, 농담, 모방적 지향성이 앞서 언급한 러시아 문학의 진지함, 러시아 영혼의 사실성 추구 경향 속에서 자리잡는 데는 시간이 필요해 보인다.

울리츠카야는 이러한 현대 러시아 문학의 경향성을 잘 보여주는 작가다. 그녀의 작품은 전쟁이나 혁명 등과 같은 거대한 역사의 수레바퀴가 남기는 궤적을 큰 흐름에서 보여주면서도, 그 속에 처한 한 개인의 삶을 현미경 같은 관찰로 그려낸다. 때로는 톨스토이의 『전쟁과 평화』의 역사를, 때로는 고골과 체호프의 '작은 인간'들, 평범한 인간들을 그려내는 그녀의 작품세계는 19세기 러시아 문학의 전통 위에 상호텍스트성, 신화시학, 그로테스크, 아이러니 등의 포스트모더니즘적 기법이 어떻게 수용되고 발전되어가는지를 보여주는 선명한 사례다.

울리츠카야의 작품들은 『전쟁과 평화』 『안나 카레니나』와 비견되는, 완벽에 가까운 짜임새 있는 문장들과 문체, 자연스러운 호흡으로 전개되는 구성을 특징으로 한다. 탄탄한 플롯 구성 속에 물 흐르는 듯한 전개는 다음 장으로 독자를 이끌되, 결코 진부한 이야기로 떨어지지 않는 예측 불허의 삶과 세계를 소개한다. 개성 넘치는 등장인물들이 시대적 배경과 조응하며 살아가는 가슴 먹먹한 삶의 이야기 속에 작가는 결국 생물학적 배고픔, 정치적 부자유, 부조리한 운명, 삶의 배신, 부당한 압제 등도 결국 삶 자체의 위대함과 숭고함에 비하면 견딜 만한, 아니 견뎌야만 하는 것임을 노래한다. 그리고 이때 삶의 위대함과 숭고함을 지키는 힘은 바로 자신과 타인에 대한 사랑, 용서 그리고 양심에서 나온다. 따라서 삶의 위대함과 숭고함을 위협하고 배반하는 악과 폭력에 대한 거부와 비판, 분노는 자연스럽고 당연한 결과다.

결국 울리츠카야가 민족주의를 따르지 않고 현실 정치에 대한 비판적인 목소리를 내는 것은 사실 그녀의 문학이 품고 있는 삶과 역사에 대한 깊은 이해와 연결된다. 그녀는 러시아의 오랜 전통, 즉 생각하는 것을 업으로 하는 작가들에 대한 존중이 사라지고 작가들 또한 그런 역할을 하고 있지 않음을 지적한다. 이는 스탈린, 흐루쇼프, 브레즈네프, 고르바초프, 옐친, 푸틴 치하에서 살아오며 전체주의적이고 권위주의적인 국가에서 예술가의 열등한 위치가 빚어낼 수 있는 재난 상황을 경험한 것과 무관하지 않아 보인다. 그러나 울리츠카야는 사회와 사람들에 대한 부정적 감정에 치우치기보다는 중립적인 관찰자의 위치를 유지한다. 대중매체가 권력 메커니즘에 지배당하며 유례없이 최면적인 성격을 띠고, 소수만이 비판 의식을 표명하는 오늘날 현대 세계에서 작가와 예술가의 역할이 더욱 중요해졌음을 울리츠카야는 누구보다 명확히 인식하고 있는 것이다.

끝으로 이 책이 새로운 모습으로 나오기까지 함께 수고해준 김수연 편집자와 문학동네 편집부에 감사를 전한다.

박종소

| | |
|---|---|
| 1943년 | 2월 21일 가족이 제2차세계대전을 피해 머물렀던 러시아 바시키르 자치공화국에서 출생. 종전 후 가족과 함께 모스크바로 돌아옴. 아버지는 농학과 공학을 전공한 엔지니어, 어머니는 생화학자였음. |
| 1970년 | 모스크바국립대학교에서 생물학을 전공하고 졸업 후 소비에트연방 과학 아카데미 산하 유전학연구소에서 이 년 동안 근무했으나, 사미즈다트 즉 지하출판물을 소지하고 유포했다는 이유로 해고당함. |
| 1972년 | 첫째 아들 알렉세이 태어남. |
| 1975년 | 둘째 아들 표트르 태어남. |
| 1979년 | 모스크바 유대인 극장에서 문학 감독을 맡아 각본, 평론, 소설 등을 쓰며 문학활동을 시작함. |
| 1990~1991년 | 울리츠카야가 각본을 쓴 영화 〈리베르티 자매들Сестрички Либерти〉(블라디미르 그람마티코프 감독), 〈모두를 위한 여인Женщина для всех〉(아나톨리 마테시코 감독)이 공개됨. |
| 1992년 | 중편소설 『소네치카Сонечка』 발표. 이 작품으로 러시아 부커상 최종 후보에 올라 주목을 받았고 1996년 프랑스 메디치상, 1998년 이탈리아 주세페 아체르비 상을 수상하며 유럽에도 이름을 알리게 됨. |
| 1993년 | 단편소설 「부하라의 딸Дочь Бухары」 등이 수록된 소설집 『가난한 친척들Бедные родственники』 출간. |

| | |
|---|---|
| 1996년 | 장편소설 『메데야와 그녀의 아이들Медея и ее дети』 발표. |
| 1997년 | 중편소설 『행복한 장례식Веселые похороны』 발표. |
| 2001년 | 장편소설 『쿠코츠키의 경우Казус Кукоцкого』 발표. 이 작품으로 여성 최초로 러시아 부커상 수상. |
| 2004년 | 『당신의 슈리크 올림Искренне ваш Шурик』으로 러시아 올해의 소설상, 중국 세계문학상, 이탈리아 그린차네 카보우르 상 수상. 단편집 『처음과 마지막Первые и последние』 출간. |
| 2005년 | 『우리 짜르의 사람들Люди нашего царя』로 러시아 올해의 문학상 수상. |
| 2006년 | 『다니엘 슈타인, 통역사Даниэль Штайн, переводчик』로 러시아 최우수 문학상 수상. 홀로코스트를 다룬 이 작품은 25개 이상의 언어로 번역되어 1백만 부 넘게 판매됨. |
| 2007년 | 류드밀라 울리츠카야 재단 설립. 작가가 직접 고른 책들을 러시아의 도서관들에 보내는 것이 재단의 주요 활동임. |
| 2008년 | 희곡집 『러시아 잼 그리고 다른 작품들Русское варенье и другое』 출간. |
| 2009년 | 맨부커 인터내셔널 최종 후보에 오름. |
| 2010년 | 『커다란 초록 천막Зеленый шатер』 발표. |
| 2011년 | 프랑스 시몬 드 보부아르 상 수상. |
| 2012년 | 한국 박경리문학상 수상. |
| 2014년 | 러시아의 군사 개입에 반대하는 반정부 시위, 일명 '평화의 행진'에 참여했고 "러시아가 야만인들의 나라가 되어가고 있다"며 정부를 강하게 비판. 오스트리아 정부가 주관하는 유럽문학상 수상. 프랑스 레지옹 도뇌르 훈장 수훈. |
| 2015년 | 장편소설 『야곱의 사다리Лестница Якова』 발표. |
| 2019년 | 단편집 『영혼의 몸에 관하여О теле души』 출간. |

2020년 독일 지크프리트 렌츠 상 수상.

2022년 러시아가 우크라이나를 침공하자 러시아 신문 〈노바야 가제타〉에 「고통, 공포, 수치」라는 제목의 글을 발표. 독일 베를린으로 근거지를 옮김.

2023년 독일 귄터 그라스 상, 에리히 마리아 레마르크 상 수상.

## 문학동네 세계문학전집 발간에 부쳐

세계문학은 국민문학 혹은 지역문학을 떠나 존재하는 문학이 아니지만 그것들의 총합도 아니다. 세계문학이라는 용어에는 그 나름의 언어와 전통을 갖고 있는 국민문학이나 지역문학의 존재를 인정하면서 그것을 넘어서는 문학의 보편적 질서에 대한 관념이 새겨져 있다. 그 용어를 처음 고안한 19세기 유럽인들은 유럽문학을 중심으로 그 질서를 구축했지만 풍부한 국민문학의 전통을 가지고 있는 현대의 문학 강국들은 나름의 방식으로 세계문학을 이해하면서 정전(正典)의 목록을 작성하고 또 수정한다.

한국에서도 세계문학 관념은 우리 사회와 문화의 변화 속에서 거듭 수정돼왔다. 어느 시기에는 제국 일본의 교양주의를 반영한 세계문학 관념이, 어느 시기에는 제3세계 민족주의에 동조한 세계문학 관념이 출현했고, 그러한 관념을 실천한 전집물이 출판됐다. 21세기 한국에 새로운 세계문학전집이 필요하다는 것은 명백하다. 우리의 지성과 감성의 기준에 부합하는 세계문학을 다시 구상할 때가 되었다.

문학동네 세계문학전집은 범세계적으로 통용되는 고전에 대한 상식을 존중하면서도 지난 반세기 동안 해외 주요 언어권에서 창작과 연구의 진전에 따라 일어난 정전의 변동을 고려하여 편성되었다. 그래서 불멸의 명작은 물론 동시대 세계의 중요한 정치·문화적 실천에 영감을 준 새로운 작품들을 두루 포함시켰다.

창립 이후 지금까지 한국문학 및 번역문학 출판에서 가장 전문적이고 생산적인 그룹을 대표해온 문학동네가 그간 축적한 문학 출판 경험을 바탕으로 새로운 세계문학전집을 펴낸다. 인류가 무지와 몽매의 어둠 속을 방황하면서도 끝내 길을 잃지 않은 것은 세계문학사의 하늘에 떠 있는 빛나는 별들이 길잡이가 되어주었기 때문이다. 우리가 자부심과 사명감 속에서 그리게 될 이 새로운 별자리가 독자들의 관심과 애정에 힘입어 우리 모두의 뿌듯한 자산이 되기를 소망한다.

문학동네 세계문학전집 편집위원
민은경, 박유하, 변현태, 송병선, 이재룡, 홍길표, 남진우, 황종연

세계문학전집 234
소네치카·스페이드의 여왕

초판 인쇄 2023년 9월 11일
초판 발행 2023년 9월 27일

지은이 류드밀라 울리츠카야 | 옮긴이 박종소

책임편집 김수연 | 편집 김무겸 오동규
디자인 김유진 이원경 | 저작권 박지영 형소진 최은진 서연주 오서영
마케팅 정민호 서지화 한민아 이민경 안남영 왕지경 황승현 김혜원 김하연
브랜딩 함유지 함근아 고보미 박민재 김희숙 정승민 배진성
제작 강신은 김동욱 이순호 | 제작처 영신사

펴낸곳 (주)문학동네 | 펴낸이 김소영
출판등록 1993년 10월 22일 제2003-000045호
주소 10881 경기도 파주시 회동길 210
전자우편 editor@munhak.com | 대표전화 031) 955-8888 | 팩스 031) 955-8855
문의전화 031) 955-1927(마케팅) 031) 955-3560(편집)
문학동네카페 http://cafe.naver.com/mhdn
인스타그램 @munhakdongne | 트위터 @munhakdongne
북클럽문학동네 http://bookclubmunhak.com

ISBN 978-89-546-9475-9 04890
978-89-546-0901-2 (세트)

잘못된 책은 구입하신 서점에서 교환해드립니다.
기타 교환 문의 031) 955-2661, 3580

www.munhak.com

1, 2, 3 안나 카레니나 레프 톨스토이 | 박형규 옮김
4 판탈레온과 특별봉사대 마리오 바르가스 요사 | 송병선 옮김
5 황금 물고기 르 클레지오 | 최수철 옮김
6 템페스트 윌리엄 셰익스피어 | 이경식 옮김
7 위대한 개츠비 F. 스콧 피츠제럴드 | 김영하 옮김
8 아름다운 애너벨 리 싸늘하게 죽다 오에 겐자부로 | 박유하 옮김
9, 10 파우스트 요한 볼프강 폰 괴테 | 이인웅 옮김
11 가면의 고백 미시마 유키오 | 양윤옥 옮김
12 킴 러디어드 키플링 | 하창수 옮김
13 나귀 가죽 오노레 드 발자크 | 이철의 옮김
14 피아노 치는 여자 엘프리데 옐리네크 | 이병애 옮김
15 1984 조지 오웰 | 김기혁 옮김
16 벤야멘타 하인학교 - 야콥 폰 군텐 이야기 로베르트 발저 | 홍길표 옮김
17, 18 적과 흑 스탕달 | 이규식 옮김
19, 20 휴먼 스테인 필립 로스 | 박범수 옮김
21 체스 이야기·낯선 여인의 편지 슈테판 츠바이크 | 김연수 옮김
22 왼손잡이 니콜라이 레스코프 | 이상훈 옮김
23 소송 프란츠 카프카 | 권혁준 옮김
24 마크롤 가비에로의 모험 알바로 무티스 | 송병선 옮김
25 파계 시마자키 도손 | 노영희 옮김
26 내 생명 앗아가주오 앙헬레스 마스트레타 | 강성식 옮김
27 여명 시도니가브리엘 콜레트 | 송기정 옮김
28 한때 흑인이었던 남자의 자서전 제임스 웰든 존슨 | 천승걸 옮김
29 슬픈 짐승 모니카 마론 | 김미선 옮김
30 피로 물든 방 앤절라 카터 | 이귀우 옮김
31 숨그네 헤르타 뮐러 | 박경희 옮김
32 우리 시대의 영웅 미하일 레르몬토프 | 김연경 옮김
33, 34 실낙원 존 밀턴 | 조신권 옮김
35 복낙원 존 밀턴 | 조신권 옮김
36 포로기 오오카 쇼헤이 | 허호 옮김
37 동물농장·파리와 런던의 따라지 인생 조지 오웰 | 김기혁 옮김
38 루이 랑베르 오노레 드 발자크 | 송기정 옮김
39 코틀로반 안드레이 플라토노프 | 김철균 옮김
40 어두운 상점들의 거리 파트릭 모디아노 | 김화영 옮김
41 순교자 김은국 | 도정일 옮김
42 젊은 베르테르의 슬픔 요한 볼프강 폰 괴테 | 안장혁 옮김
43 더블린 사람들 제임스 조이스 | 진선주 옮김
44 설득 제인 오스틴 | 원영선, 전신화 옮김
45 인공호흡 리카르도 피글리아 | 엄지영 옮김
46 정글북 러디어드 키플링 | 손향숙 옮김
47 외로운 남자 외젠 이오네스코 | 이재룡 옮김
48 에피 브리스트 테오도어 폰타네 | 한미희 옮김
49 둔황 이노우에 야스시 | 임용택 옮김
50 미크로메가스·캉디드 혹은 낙관주의 볼테르 | 이병애 옮김

51, 52 염소의 축제 마리오 바르가스 요사 | 송병선 옮김
53 고야산 스님 · 초롱불 노래 이즈미 교카 | 임태균 옮김
54 다니엘서 E. L. 닥터로 | 정상준 옮김
55 이날을 위한 우산 빌헬름 게나치노 | 박교진 옮김
56 톰 소여의 모험 마크 트웨인 | 강미경 옮김
57 카사노바의 귀향 · 꿈의 노벨레 아르투어 슈니츨러 | 모명숙 옮김
58 바보들을 위한 학교 사샤 소콜로프 | 권정임 옮김
59 어느 어릿광대의 견해 하인리히 뵐 | 신동도 옮김
60 웃는 늑대 쓰시마 유코 | 김훈아 옮김
61 팔코너 존 치버 | 박영원 옮김
62 한눈팔기 나쓰메 소세키 | 조영석 옮김
63, 64 톰 아저씨의 오두막 해리엇 비처 스토 | 이종인 옮김
65 아버지와 아들 이반 투르게네프 | 이항재 옮김
66 베니스의 상인 윌리엄 셰익스피어 | 이경식 옮김
67 해부학자 페데리코 안다아시 | 조구호 옮김
68 긴 이별을 위한 짧은 편지 페터 한트케 | 안장혁 옮김
69 호텔 뒤락 애니타 브루크너 | 김정 옮김
70 잔해 쥘리앵 그린 | 김종우 옮김
71 절망 블라디미르 나보코프 | 최종술 옮김
72 더버빌가의 테스 토머스 하디 | 유명숙 옮김
73 감상소설 미하일 조셴코 | 백용식 옮김
74 빙하와 어둠의 공포 크리스토프 란스마이어 | 진일상 옮김
75 쓰가루 · 석별 · 옛날이야기 다자이 오사무 | 서재곤 옮김
76 이인 알베르 카뮈 | 이기언 옮김
77 달려라, 토끼 존 업다이크 | 정영목 옮김
78 몰락하는 자 토마스 베른하르트 | 박인원 옮김
79, 80 한밤의 아이들 살만 루슈디 | 김진준 옮김
81 죽은 군대의 장군 이스마일 카다레 | 이창실 옮김
82 페레이라가 주장하다 안토니오 타부키 | 이승수 옮김
83, 84 목로주점 에밀 졸라 | 박명숙 옮김
85 아베 일족 모리 오가이 | 권태민 옮김
86 폭풍의 언덕 에밀리 브론테 | 김정아 옮김
87, 88 늦여름 아달베르트 슈티프터 | 박종대 옮김
89 클레브 공작부인 라파예트 부인 | 류재화 옮김
90 P세대 빅토르 펠레빈 | 박혜경 옮김
91 노인과 바다 어니스트 헤밍웨이 | 이인규 옮김
92 물방울 메도루마 슌 | 유은경 옮김
93 도깨비불 피에르 드리외라로셸 | 이재룡 옮김
94 프랑켄슈타인 메리 셸리 | 김선형 옮김
95 래그타임 E. L. 닥터로 | 최용준 옮김
96 캔터빌의 유령 오스카 와일드 | 김미나 옮김
97 만(卍) · 시게모토 소장의 어머니 다니자키 준이치로 | 김춘미, 이호철 옮김
98 맨해튼 트랜스퍼 존 더스패서스 | 박경희 옮김
99 단순한 열정 아니 에르노 | 최정수 옮김

100 열세 걸음 모옌 | 임홍빈 옮김
101 데미안 헤르만 헤세 | 안인희 옮김
102 수레바퀴 아래서 헤르만 헤세 | 한미희 옮김
103 소리와 분노 윌리엄 포크너 | 공진호 옮김
104 곰 윌리엄 포크너 | 민은영 옮김
105 롤리타 블라디미르 나보코프 | 김진준 옮김
106, 107 부활 레프 톨스토이 | 박형규 옮김
108, 109 모래그릇 마쓰모토 세이초 | 이병진 옮김
110 은둔자 막심 고리키 | 이강은 옮김
111 불타버린 지도 아베 고보 | 이영미 옮김
112 말라볼리아가의 사람들 조반니 베르가 | 김운찬 옮김
113 디어 라이프 앨리스 먼로 | 정연희 옮김
114 돈 카를로스 프리드리히 실러 | 안인희 옮김
115 인간 짐승 에밀 졸라 | 이철의 옮김
116 빌러비드 토니 모리슨 | 최인자 옮김
117, 118 미국의 목가 필립 로스 | 정영목 옮김
119 대성당 레이먼드 카버 | 김연수 옮김
120 나나 에밀 졸라 | 김치수 옮김
121, 122 제르미날 에밀 졸라 | 박명숙 옮김
123 현기증. 감정들 W. G. 제발트 | 배수아 옮김
124 강 동쪽의 기담 나가이 가후 | 정병호 옮김
125 붉은 밤의 도시들 윌리엄 버로스 | 박인찬 옮김
126 수고양이 무어의 인생관 E. T. A. 호프만 | 박은경 옮김
127 맘브루 R. H. 모레노 두란 | 송병선 옮김
128 익사 오에 겐자부로 | 박유하 옮김
129 땅의 혜택 크누트 함순 | 안미란 옮김
130 불안의 책 페르난두 페소아 | 오진영 옮김
131, 132 사랑과 어둠의 이야기 아모스 오즈 | 최창모 옮김
133 페스트 알베르 카뮈 | 유호식 옮김
134 다마세누 몬테이루의 잃어버린 머리 안토니오 타부키 | 이현경 옮김
135 작은 것들의 신 아룬다티 로이 | 박찬원 옮김
136 시스터 캐리 시어도어 드라이저 | 송은주 옮김
137 고독한 산책자의 몽상 장자크 루소 | 문경자 옮김
138 용의자의 야간열차 다와다 요코 | 이영미 옮김
139 세기아의 고백 알프레드 드 뮈세 | 김미성 옮김
140 햄릿 윌리엄 셰익스피어 | 이경식 옮김
141 카산드라 크리스타 볼프 | 한미희 옮김
142 이 글을 읽는 사람에게 영원한 저주를 마누엘 푸익 | 송병선 옮김
143 마음 나쓰메 소세키 | 유은경 옮김
144 바다 존 밴빌 | 정영목 옮김
145, 146, 147, 148 전쟁과 평화 레프 톨스토이 | 박형규 옮김
149 세 가지 이야기 귀스타브 플로베르 | 고봉만 옮김
150 제5도살장 커트 보니것 | 정영목 옮김
151 알렉시·은총의 일격 마르그리트 유르스나르 | 윤진 옮김

**152** 말라 온다 알베르토 푸겟 | 엄지영 옮김
**153** 아르세니예프의 인생 이반 부닌 | 이항재 옮김
**154** 오만과 편견 제인 오스틴 | 류경희 옮김
**155** 돈 에밀 졸라 | 유기환 옮김
**156** 젊은 예술가의 초상 제임스 조이스 | 진선주 옮김
**157, 158, 159** 카라마조프가의 형제들 표도르 도스토옙스키 | 김희숙 옮김
**160** 진 브로디 선생의 전성기 뮤리얼 스파크 | 서정은 옮김
**161** 13인당 이야기 오노레 드 발자크 | 송기정 옮김
**162** 하지 무라트 레프 톨스토이 | 박형규 옮김
**163** 희망 앙드레 말로 | 김웅권 옮김
**164** 임멘 호수·백마의 기사·프시케 테오도어 슈토름 | 배정희 옮김
**165** 밤은 부드러워라 F. 스콧 피츠제럴드 | 정영목 옮김
**166** 야간비행 앙투안 드 생텍쥐페리 | 용경식 옮김
**167** 나이트우드 주나 반스 | 이예원 옮김
**168** 소년들 앙리 드 몽테를랑 | 유정애 옮김
**169, 170** 독립기념일 리처드 포드 | 박영원 옮김
**171, 172** 닥터 지바고 보리스 파스테르나크 | 박형규 옮김
**173** 싯다르타 헤르만 헤세 | 권혁준 옮김
**174** 야만인을 기다리며 J. M. 쿳시 | 왕은철 옮김
**175** 철학편지 볼테르 | 이봉지 옮김
**176** 거지 소녀 앨리스 먼로 | 민은영 옮김
**177** 창백한 불꽃 블라디미르 나보코프 | 김윤아 옮김
**178** 슈틸러 막스 프리슈 | 김인순 옮김
**179** 시핑 뉴스 애니 프루 | 민승남 옮김
**180** 이 세상의 왕국 알레호 카르펜티에르 | 조구호 옮김
**181** 철의 시대 J. M. 쿳시 | 왕은철 옮김
**182** 카시지 조이스 캐럴 오츠 | 공경희 옮김
**183, 184** 모비 딕 허먼 멜빌 | 황유원 옮김
**185** 솔로몬의 노래 토니 모리슨 | 김선형 옮김
**186** 무기여 잘 있거라 어니스트 헤밍웨이 | 권진아 옮김
**187** 컬러 퍼플 앨리스 워커 | 고정아 옮김
**188, 189** 죄와 벌 표도르 도스토옙스키 | 이문영 옮김
**190** 사랑 광기 그리고 죽음의 이야기 오라시오 키로가 | 엄지영 옮김
**191** 빅 슬립 레이먼드 챈들러 | 김진준 옮김
**192** 시간은 밤 류드밀라 페트루셉스카야 | 김혜란 옮김
**193** 타타르인의 사막 디노 부차티 | 한리나 옮김
**194** 고양이와 쥐 귄터 그라스 | 박경희 옮김
**195** 펠리시아의 여정 윌리엄 트레버 | 박찬원 옮김
**196** 마이클 K의 삶과 시대 J. M. 쿳시 | 왕은철 옮김
**197, 198** 오스카와 루신다 피터 케리 | 김시현 옮김
**199** 패싱 넬라 라슨 | 박경희 옮김
**200** 마담 보바리 귀스타브 플로베르 | 김남주 옮김
**201** 패주 에밀 졸라 | 유기환 옮김
**202** 도시와 개들 마리오 바르가스 요사 | 송병선 옮김

**203** 루시 저메이카 킨케이드 | 정소영 옮김
**204** 대지 에밀 졸라 | 조성애 옮김
**205, 206** 백치 표도르 도스토옙스키 | 김희숙 옮김
**207** 백야 표도르 도스토옙스키 | 박은정 옮김
**208** 순수의 시대 이디스 워턴 | 손영미 옮김
**209** 단순한 이야기 엘리자베스 인치볼드 | 이혜수 옮김
**210** 바닷가에서 압둘라자크 구르나 | 황유원 옮김
**211** 낙원 압둘라자크 구르나 | 왕은철 옮김
**212** 피라미드 이스마일 카다레 | 이창실 옮김
**213** 애니 존 저메이카 킨케이드 | 정소영 옮김
**214** 지고 말 것을 가와바타 야스나리 | 박혜성 옮김
**215** 부서진 사월 이스마일 카다레 | 유정희 옮김
**216** 사람은 무엇으로 사는가 레프 톨스토이 | 이항재 옮김
**217, 218** 악마의 시 살만 루슈디 | 김진준 옮김
**219** 오늘을 잡아라 솔 벨로 | 김진준 옮김
**220** 배반 압둘라자크 구르나 | 황가한 옮김
**221** 어두운 밤 나는 적막한 집을 나섰다 페터 한트케 | 윤시향 옮김
**222** 무어의 마지막 한숨 살만 루슈디 | 김진준 옮김
**223** 속죄 이언 매큐언 | 한정아 옮김
**224** 암스테르담 이언 매큐언 | 박경희 옮김
**225, 226, 227** 특성 없는 남자 로베르트 무질 | 박종대 옮김
**228** 앨프리드와 에밀리 도리스 레싱 | 민은영 옮김
**229** 북과 남 엘리자베스 개스켈 | 민승남 옮김
**230** 마지막 이야기들 윌리엄 트레버 | 민승남 옮김
**231** 벤저민 프랭클린 자서전 벤저민 프랭클린 | 이종인 옮김
**232** 만년양식집 오에 겐자부로 | 박유하 옮김
**233** 이상한 나라의 앨리스 루이스 캐럴 | 존 테니얼 그림 | 김희진 옮김
**234** 소네치카·스페이드의 여왕 류드밀라 울리츠카야 | 박종소 옮김
**235** 메데야와 그녀의 아이들 류드밀라 울리츠카야 | 최종술 옮김

● 문학동네 세계문학전집은 계속 출간됩니다